SÉANCE DE L'ACADÉMIE FRANÇAISE DU 7 DÉCEMBRE 1871

DISCOURS DE RÉCEPTION

DE

M. X. MARMIER

RÉPONSE

DE

M. CUVILLIER-FLEURY

DIRECTEUR DE L'ACADÉMIE FRANÇAISE

PARIS

LIBRAIRIE ACADÉMIQUE

DIDIER ET Cie, LIBRAIRES-ÉDITEURS

QUAI DES AUGUSTINS, 35.

DISCOURS

DE

M. X. MARMIER

Paris. — Imprimerie Adolphe Lainé, rue des Saints-Pères, 19.

DISCOURS

DE

M. X. MARMIER

PRONONCÉ

A L'ACADÉMIE FRANÇAISE

le jour de sa réception, 7 décembre 1871

PARIS

LIBRAIRIE ACADÉMIQUE

DIDIER ET Cie, LIBRAIRES-ÉDITEURS

35, QUAI DES AUGUSTINS

—

1871

DISCOURS

DE

M. X. MARMIER

Messieurs,

Il est des conquêtes dont on se plaît à suivre les développements dans l'histoire de l'humanité. Elles s'accomplissent sans faire couler une larme, ni répandre une goutte de sang. Elles subsistent sans exciter une révolte. Celui qui y coopère peut en éprouver à juste titre une douce satisfaction, et celui qu'elles subjuguent n'a nul regret de sa docilité. Ce sont les conquêtes de l'esprit. Leur élément de force est dans leur caractère paisible. Pacifiquement elles se consolident et s'étendent au loin. Immense est leur espace, infinie leur durée.

Ces conquêtes, depuis l'ancienne Grèce, nul pays n'en a fait autant que la France. Jusqu'aux extrémités du monde, nous avons répandu nos œuvres littéraires et scientifiques, et par la propagation de notre langue dans les régions étrangères nous pouvons, selon l'expression d'un poëte, nous proclamer citoyens de toutes les contrées.

C'est l'un des triomphes d'une des pensées de Richelieu. En appliquant son génie à constituer notre unité politique par le pouvoir royal, il voulait aussi constituer l'unité de notre langue, et il fonda l'Académie. Le sagace ministre voyait de loin le résultat de ses conceptions. Du petit cercle stérile de Conrart, il fit le parlement des lettres, parlement national où toutes les provinces ont leurs représentants.

Pour celle à laquelle j'appartiens, pour ma chère Franche-Comté, c'est un honneur d'avoir donné à l'Académie l'abbé d'Olivet, Suard, Cuvier, Droz, Ch. Nodier; c'est pour moi une si grande faveur d'être admis à siéger ici que j'en suis tout confus, ayant pourtant employé à conquérir cette glorieuse prérogative la majeure partie de ma vie. Oui, il y a près de quarante ans que j'entrais dans une série d'études philologiques et littéraires dont rien ne m'a fait dévier, et j'aime à me rappeler qu'en 1836, lorsque j'allais en Islande, l'Académie daignait déjà m'accorder un témoignage d'intérêt. Mais, en reportant mes regards sur le passé, je ne puis, Messieurs, songer sans un regret de cœur que je ne reverrai plus quelques-uns de vos illustres confrères dont la bienveillance fut ici mon premier appui :

M. de Salvandy, l'éloquent écrivain, le chevaleresque et généreux ministre;

M. Molé, qui joignait aux grâces charmantes de

l'homme du monde les sévères qualités de l'homme d'État, et portait si dignement un noble nom ;

M. le duc de Broglie, ce modèle d'honneur et de vertu, le *vir probus* par excellence, esprit élevé, conscience inébranlable, âme tendre, âme chrétienne ;

M. le duc Pasquier, successivement conseiller au parlement de Paris, président de la chambre des députés, garde des sceaux, ministre des affaires étrangères, chancelier de France, et fier surtout de joindre à ces hauts titres celui d'académicien, M. Pasquier, si attachant par sa courtoisie et sa bonté, si admirable par les trésors de sa mémoire et la pénétration de son jugement. Pendant plus d'un demi-siècle, quelle activité il a eue, et, dans ses années de retraite, jusqu'en son extrême vieillesse, quelle majestueuse autorité ! Ceux qui ont eu le bonheur de vivre près de lui n'en peuvent perdre le souvenir.

J'ai connu aussi M. de Pongerville.

En vous parlant de lui, je joins à ce devoir un sentiment affectueux. Ceux qui l'ont connu l'ont aimé.

Il naquit à Abbeville, en 1782. Son père était un honorable magistrat fort estimé de ses concitoyens. La révolution qui enfanta la terreur ne le força pas à émigrer et ne le conduisit point en prison. Elle lui enleva seulement ses fonctions judiciaires. Il se retira alors dans une habitation champêtre près des rives de la Manche, reprit ses livres classiques pour faire l'éducation de son fils, et bientôt eut la joie de voir fructifier ses leçons. A dix ans, son élève lisait couramment les auteurs latins ; à dix-sept ans, il se passionnait pour

Lucrèce de telle sorte qu'il voulut le traduire entièrement en vers.

Toute traduction est difficile dans notre chère langue française, si rigide et si peu disposée à se plier au génie des autres langues. Belle et fière grande dame, habituée dès le siècle de Louis XIV à captiver l'Europe, souvent elle semble craindre de déroger à sa noblesse. Qu'on l'imite! très-bien ; mais qu'elle imite les autres ! elle ne peut sans peine s'y résoudre. Plus d'un livre étranger lui doit cependant en grande partie son renom. S'il est trop lourd, elle l'allége; s'il est obscur, elle l'éclaircit. Partout où elle entre, il faut que la lumière se fasse. M. Heine, le mordant railleur, me disait un jour : « Quand un livre de philosophie est publié dans mon idiome germanique, j'attends pour le lire qu'il soit traduit en français. » — « Langue d'acier, a dit M. Joseph de Maistre, qui si bien s'en servait ; l'acier, le plus intraitable des métaux, mais celui de tous qui reçoit le plus beau poli lorsqu'on est parvenu à le dompter. »

Rien de plus difficile à traduire selon les lois d'élégance et de clarté de cette langue, dans la sévère régularité de l'alexandrin, que le poëme de Lucrèce, avec ses digressions philosophiques et ses rigoureuses formules qui ne permettent pas au traducteur un libre détour, ni une vague synonymie ; qui exigent de lui l'expression positive, la phrase nette et concise.

La Harpe déclarait cette traduction impossible. Cependant Molière l'entreprit. De son essai inachevé, nous n'avons qu'un fragment, mais un délicieux fragment : c'est la peinture des illusions de l'amonr encadrée dans le second acte du *Misanthrope*. Tout le monde la connaît.

Vers la fin du XVIIIe siècle, cette traduction en vers des six livres de Lucrèce fut faite entièrement par un écrivain studieux et instruit, mais incorrect et dur, Leblanc de Guillet, l'auteur de plusieurs tragédies révolutionnaires, entre autres celle de *Manco Capac*, dont on a souvent cité ce vers :

> Crois-tu d'un tel forfait Manco Capac capable?

Le laborieux poëte n'était pas doué du sentiment de l'harmonie. M. de Pongerville, n'ayant point à redouter une comparaison avec lui, se mit à l'œuvre. Il s'y mit avec l'ardeur de la jeunesse et la patience de l'âge mûr. Après avoir passé plusieurs années à ce travail, il voulut le livrer à l'appréciation d'un juge compétent. Il envoya à M. Raynouard sa traduction du cinquième livre de la *Nature des choses*, celui-là même dans lequel Lucrèce dépeint la formation graduelle de l'univers. — « Venez à Paris, » lui écrivit le bienveillant auteur des *Templiers*, « le succès vous y attend. »

Qu'on se figure l'émotion d'un jeune homme ignoré, n'ayant pas encore fini son premier essai et tenant entre ses mains, au fond de sa province, cette lettre d'un poëte renommé, d'un savant philologue, du secrétaire perpétuel de l'Académie française!

M. de Pongerville en eut une joie dont il se souvint toute sa vie. On a vu comme il s'en souvenait, en 1837, lorsqu'il reçut à l'Académie un des nobles enfants de notre féconde Provence, un de nos historiens les plus honorés et les plus aimés (1). Comme il était heureux de l'entendre faire, si éloquemment, l'éloge de M. Raynouard, comme il aspirait aussi à rendre un digne hommage à la mémoire de celui à qui il devait son premier rayon d'espoir littéraire! Quelques années auparavant un misanthrope disait : « Il n'y aura bientôt plus d'ingrats. — Pourquoi? — Parce qu'il n'y aura plus de bienfaiteurs. »

Pour le craintif latiniste de Picardie, M. Raynouard avait été un bienfaiteur, et ce latiniste n'était pas un ingrat. La lettre de l'illustre écrivain l'avait décidé à venir à Paris. Il y termina son œuvre, et en 1823 la fit imprimer. Mais, au moment où elle allait paraître, on annonça que cette nouvelle version de l'antique poëme athée serait saisie. Il est très-probable que cette rumeur n'avait aucun fondement. Lucrèce, traduit en vers, comme nous l'avons dit, par Leblanc de Guillet, était, au XVIIe siècle, traduit en prose par l'abbé de Marolles, puis par le baron des Coutures; au XVIIIe, par Lagrange, et ni l'une ni l'autre de ces traductions n'avait été poursuivie. Cependant M. de Pongerville eut peur du danger dont on le menaçait. Pour le prévenir, il invoqua la plus haute protection. Il sollicita et obtint la faveur de dédier et de présenter son livre à Louis XVIII. C'était, comme on sait, un souverain fort lettré, aimant surtout les écrivains classiques et se plaisant à les citer dans ses entretiens.

(1) M. Mignet.

Le spirituel monarque reçut très-gracieusement le jeune traducteur, et lui parla de la beauté des vers de Lucrèce avec un goût parfait. Enhardi par cet accueil, M. de Pongerville lui dit : « Puisque Votre Majesté connaît si bien l'auteur de la *Nature des choses*, j'espère que, si Elle admire le poëte, Elle n'est pas hostile au philosophe.

— Chut! répliqua Louis XVIII avec un fin sourire, le roi nous entend. »

La publication que l'on disait exposée à des poursuites judiciaires fut faite sans entraves et fort applaudie. C'était le temps ou l'on s'agitait, où l'on se passionnait pour un récit d'histoire, pour une leçon de la Sorbonne, pour un nom, pour une idée. Jeunes, vives, nobles passions, si franches et si désintéressées! Ceux qui les ont connues ne peuvent en perdre le souvenir. En étudiant notre histoire moderne, on constatera l'action de cette séve généreuse, de ce mouvement intellectuel des dernières années de la restauration. Nous lui devons tout ce qui a fait l'honneur de la France depuis près d'un demi-siècle, tout ce qui lui reste maintenant de plus noble et de meilleur.

Après le succès de sa traduction en vers, la prédilection de M. de Pongerville pour Lucrèce n'était pas encore satisfaite. Il le retraduisit en prose pour en rendre plus littéralement la pensée. Puis il traduisit également en prose l'*Énéide* de Virgile et le *Paradis perdu* de Milton.

Il a ainsi reproduit dans notre langue trois épopées qui représentent trois phases principales dans l'histoire des lettres, dans les annales de l'humanité.

Je voudrais essayer de montrer, tels que je les vois dans leur vie et dans leurs œuvres, ces grands écrivains: Lucrèce, Virgile, Milton. Par cette digression, dont je restreins à regret les limites, je ne m'éloigne point de M. de Pongerville. Au contraire, il me semble que j'honore sa mémoire en le suivant dans des études qui lui ont été si chères.

Et d'abord Lucrèce, le physicien, le moraliste, le poëte. Nous n'avons plus à combattre sa cosmogonie, dont Montaigne se raillait spirituellement au XVIe siècle, et que Gassendi, au siècle suivant, essaya vainement de faire revivre en y joignant une idée religieuse.

Voltaire, qui avait du goût pour Lucrèce, ne peut s'empêcher de déclarer que ce vigoureux poëte est un ridicule physicien, et Macaulay, le célèbre historien, dit que l'auteur de la *Nature des choses* a composé le plus magnifique poëme pour défendre le plus sot et le plus misérable système de philosophie.

Les théories de la science moderne justifient cependant l'atomisme des anciens en ce qui tient à la matière. Mais Lucrèce n'admettait dans son atomisme aucune restriction. Le vide et les atomes composent son univers. Le vide est son laboratoire; les atomes sont ses ouvriers, ses ingénieurs, ses architectes. Leurs formes sont très-variées, leur nombre est infini. Arrondis ou anguleux, visibles ou invisibles, tous sont sans cesse en mouvement et tous sont insécables et indestructibles. En eux, il n'y a ni odeur, ni couleur, ni sentiment, ni vie. Cependant ces éléments incolores et insensibles ont, dans leurs chutes perpendiculaires, dans leurs déclinaisons accidentelles, dans leurs divers rapprochements, produit tous les êtres vivants, le monde tel que nous le voyons, les astres lumineux, les fleuves et les océans, les végétaux, les animaux et l'homme, l'œuvre suprême de la création.

Il faut dire que les naturalistes qui cherchent notre première existence en dehors des lois de Dieu n'ennoblissent pas notre origine. Selon le philosophe Anaximandre, l'homme est issu d'un poisson; selon l'idée de quelques philosophes modernes, nous devons nous résigner à n'être que des singes perfectionnés, des chimpanzés qui parlent et écrivent, des gorilles qui mesurent le cours des astres et transpercent des montagnes pour y aligner des chemins de fer. Selon la théorie de Lucrèce, le premier homme est sorti de la tige d'une plante, comme un légume. Cette plante, enracinée dans la terre, produisit par l'action de l'humidité et de la chaleur des vésicules où surgirent de frêles enfants vers lesquels la nature, comme une bonne nourrice, fit couler un suc laiteux.

Cet embryon de l'homme, ainsi formé, ainsi abreuvé par des agglomérations d'atomes, se développe et éprouve toutes ses sensations par d'autres agencements d'atomes, sensation du toucher, du goût, de l'odorat, de la vue, de l'ouïe. Quand l'œil perçoit les images extérieures, ce sont des effluves d'atomes volants qui arrivent alors jusqu'à lui. Le bruit discordant qui frappe notre oreille, c'est un flot d'atomes raboteux; l'harmonie d'un orchestre, l'accent mélodieux d'une voix aimée, c'est une émanation d'atomes aplanis. Nos sens sont nos guides fidèles. Ils ne peuvent nous tromper. C'est par eux que nous acquérons toute notre instruction.

Les atomistes veulent cependant bien nous accorder une âme, mais une âme à peu près aussi matérielle que le corps, si ce n'est qu'elle est composée d'atomes plus fins, de molécules de feu, de vent, d'air calme et d'une quatrième essence innommée en laquelle réside plus particulièrement la sensibilité. Cette âme est répandue dans tout le corps de l'homme. C'est elle qui lui imprime le mouvement, qui le tient éveillé ou lui donne le sommeil: Elle est née avec lui. Elle grandit et meurt avec lui. Puis, plus rien au-delà de cette existence éphémère, ni peines ni récompenses. Aucune justice céleste. Le néant. Pas de Dieu.

Non, je me trompe. Dans de vagues espaces qu'un ancien philosophe appelle les intermondes, il y a certains dieux qui ne se soucient point de la race humaine et dont la race humaine n'a point à s'occuper. Hors de la sphère de nos événements, loin de notre globe, à l'abri de la douleur et des dangers, se suffisant à eux-mêmes, ils jouissent en paix de leur immortalité, insensibles à la vertu, inaccessibles à la colère.

Il y a des brises qui emportent au loin des germes de plantes et déterminent des floraisons. Il y a dans la vie des peuples des circonstances qui aident ainsi à des propagations d'idées nouvelles. Quand Épicure vint, après ses voyages, établir son professorat dans les murs d'Athènes, les phases de gloire de la Grèce étaient passées, les beaux jours de liberté perdus, les sentiments de patriotisme éteints, les anciens dieux conspués ou délaissés, toute la patrie des Léonidas, des Miltiade, désorganisée par l'ambition des successeurs d'Alexandre et fatiguée de ses luttes intestines.

Dans cette lassitude d'une nation jadis si résolue, dans le pays où, de ses lèvres embaumées par les abeilles de l'Hymette, Platon avait répandu au siècle précédent ses sublimes leçons, où Aristote venait de finir ses œuvres grandioses, on accepta comme un soulagement une doctrine qui, avec quelques maximes de bénigne morale, enseignait à l'homme le détachement des affaires publiques, la recherche continue du bien-être personnel, les spéculations d'un prudent égoïsme, les joies sensuelles d'une existence passagère et l'athéisme.

La Grèce, subjuguée par la force militaire des Romains, les subjugua à son tour par les charmes de son génie. Elle les fascina et les amollit. Avec les chants de ses poëtes, les discours de ses orateurs, elle sema au sein de l'Italie de funestes doctrines, entre autres celle d'Épicure, à laquelle Montesquieu attribue en grande partie la corruption du cœur et de l'esprit des Romains.

Horace est le séduisant poëte de la philosophie épicurienne.

Lucrèce en est le grave, le solennel, le complet interprète, dans le poëme qu'il commence par une admirable invocation et qu'il continue avec un fervent enthousiasme.

C'est sa Genèse ; c'est son Iliade. Que dis-je ? C'est

pour lui une œuvre sans exemple, une épopée toute nouvelle, l'épopée de la nature.

Ses adversaires sont les défenseurs des vieilles traditions. Ses acteurs sont les myriades d'éléments subtils qui, par leurs divers mouvements et leurs créations, justifient sa cosmogonie, ces innombrables, ces actifs atomes, les plus grands et les plus petits. Ainsi que l'a dit un jeune et docte professeur (1), dans un charmant livre, Lucrèce s'intéresse à ses atomes comme Homère à ses héros. Son arène est le monde et son guide est le divin Épicure. Il a une entière confiance dans le savoir de son glorieux maître et dans l'efficacité de ses principes. De là son essor, son ardeur, sa poésie, la poésie la plus sincère.

Il est de la famille des grands poëtes, non pas tant par son art que par sa force innée. Il n'a ni l'élégance de Catulle, ni la grâce et la finesse d'Horace, ni la suavité de Virgile. Mais aucun d'eux n'a sa vigueur. Parfois sa langue est un peu âpre, mais si énergique, et son vers un peu dur, mais si vibrant! Il a une telle séve qu'il donne la vie et le mouvement aux parties les plus arides de son œuvre, à ses digressions scientifiques. Souvent aussi, au lieu de disserter, il peint, il remplace un argument par un tableau. Il aime la nature; il en a observé les différentes scènes dans une rêveuse contemplation; il nous la représente, non point par des phrases de convention, mais par de nettes et lucides images.

Il est très-pénétré aussi de la vérité de son dogme

(1) M. Martha : *le Poëme de Lucrèce*, 1869.

philosophique. Quand il signale les vanités et les périls de la richesse, quand il décrit le bienfaisant résultat des goûts modérés, le bonheur de la vie simple, honnête, indépendante, on voit qu'il exprime sa réelle pensée et qu'il a mis lui-même ses préceptes en pratique. Son livre n'est pas un de ceux qu'on lit avec une satisfaction continue du commencement jusqu'à la fin. Il a dans sa veine poétique des intermittences et des lacunes, mais des élans d'une hardiesse étonnante, des cris de passion saisissants et des périodes d'une beauté incomparable.

Triste pourtant est ce poëme et triste fut évidemment l'homme de génie qui le composa. Nous n'avons que très-peu de détails authentiques sur son existence. Deux de ses vers nous apprennent qu'il appartenait à la cité de Rome. On suppose qu'il descendait d'une ancienne famille de patriciens. Au IIIe siècle de l'ère chrétienne, la chronique d'Eusèbe raconte que, pour se faire aimer de ce fier poëte, une femme lui fit boire un philtre qui égara sa raison, et que, dans un de ses accès de démence, il se tua à l'âge de quarante-quatre ans.

Ce qu'il y a de vrai dans cette légende dramatique, personne ne peut le dire. Mais il n'était pas besoin de philtres vénéneux pour bouleverser les esprits les plus fermes au temps où vivait Lucrèce, en un de ces temps qui annoncent la décomposition et la chute des empires.

Il avait huit ans quand éclata l'effroyable lutte de Marius et de Sylla. Il en avait vingt quand Spartacus, avec ses bandes d'esclaves, mettait en déroute les armées

2

de deux consuls. Il en avait trente quand le Sénat apprit en frémissant le complot de Catilina.

Il y a des hommes qui devant les sinistres événements se jettent la face contre terre, comme les chameliers de l'Arabie devant les tourbillons de sable soulevés par le simoun, et se relèvent quand l'orage est passé.

Il y en a d'autres qui, au risque d'y périr, s'élancent intrépidement dans les hasards de la guerre, dans les désordres des cités, pour réparer un désastre, pour apaiser une fatale effervescence. Ceux-là sont les généreux, les forts. S'ils échouent dans leur entreprise, s'ils sont méconnus, trahis, persécutés peut-être, ils n'en ont pas moins donné l'exemple d'un magnanime dévouement, et un jour vient où justice leur est rendue, où leur courage est glorifié et leur nom béni.

Il y en a d'autres enfin que les turbulences de la foule intimident, que les scènes révolutionnaires épouvantent.

Sans prendre part à de violents débats, sans s'adjoindre à d'implacables hostilités, sans entrer dans de sanglantes batailles, sans exposer leur vie ni même leur fortune dans un ardent conflit, ceux-là peuvent être encore les victimes d'une de ces crises sociales, par l'impression douloureuse qu'ils en éprouvent, par le trouble de leur imagination, par les erreurs où leur état morbide les fera tomber.

Lucrèce m'apparaît comme une de ces victimes des dernières tempêtes de la république romaine. Poursuivi par le souvenir des émotions de son enfance et de sa jeunesse, pénétré d'un sentiment de terreur par les ambitions qui ne lui rappelaient que les arrêts les plus iniques, détestant les superstitions dont il ne voyait que la grossièreté ou le ridicule, il crut trouver dans la doctrine d'Épicure une consolation, un repos, une lumière; il se livra à cette doctrine avec une fervente pensée.

Pour se soustraire aux rumeurs de la foule, il se retira dans une profonde solitude; pour éviter les ambitieux désirs, il renonça à tous ses droits de citoyen romain, à toute participation aux affaires de la cité et de la république. Pour n'avoir plus aucune crainte d'une autre vie, il réduisit son destin à la durée de sa vie corporelle. Il renia l'immortalité de l'âme. Il renia la puissance et la justice de Dieu. Il se jeta dans le néant.

Oh! malheureux Lucrèce, si grand poëte, qui aurait été, a dit Byron, le plus grand des poëtes, sans son système qui le gâta!

Une femme du XVIIIe siècle, riche, spirituelle, fort recherchée et tout à coup tombée dans l'infortune, disait aux philosophes dont elle avait accepté les leçons irréligieuses : « A présent rendez-moi mon Dieu, j'en ai besoin. »

Lucrèce ne pouvait implorer, dans ses souffrances, la miséricorde de ses dieux fabuleux retirés dans leurs lointaines régions, absorbés dans leur tranquille béatitude, ne s'inquiétant en aucune façon de ce petit globe formé par les atomes et n'accordant pas la moindre attention aux joies et aux misères des chétifs mortels.

Tel est pourtant dans le cœur de l'homme le besoin d'une croyance à un pouvoir efficace et suprême, que le disciple d'Épicure lui-même n'a pu y échapper. Il emploie à diverses reprises, dans son poëme, ces mots : *Rationes*, *Fœdera*, *Leges*. Comme l'a très-bien dit un de vos illustres confrères (1) dans un des ingénieux chapitres de ses *Études sur les poëtes latins*, « Lucrèce résume ces lois dans un législateur abstrait qu'il appelle la *nature créatrice*, la *nature gouvernante*, magnifiques expressions qui produisent tout à coup, dans cette espèce de drame philosophique, une péripétie, un coup de théâtre, ramenant sous un autre nom, au sein du monde dont on avait cru la bannir, la divinité. »

Tandis que, dans le fier et sombre isolement de ses vertus philosophiques, de son génie de poëte et de son athéisme, Lucrèce terminait par un douloureux et saisissant tableau de la peste d'Athènes sa cosmogonie matérialiste, sur les bords du Mincio, dans un humble village, près de l'antique ville de Mantoue, grandissait un doux jeune homme qui devait être, dans le cours de sa vie, le plus champêtre et le plus distingué, le plus modeste et le plus élevé, le plus séduisant et le plus grave, le plus césarien et le plus populaire des poëtes latins : Virgile.

Il glorifia et pour ainsi dire consacra la fortune et la puissance du premier empire romain. La fortune a disparu, la puissance a été anéantie; la glorification est restée.

« Lorsque la vieille Rome, a dit un entraînant orateur, tomba vaincue et sanglante au pied des barbares, l'Église romaine recueillit l'esprit humain comme un

(1) M. Patin.

enfant abandonné qu'on trouve dans le sac d'une ville, expirant sur le sein de sa mère égorgée. Elle le recueillit; elle le cacha dans ces asiles religieux dont notre siècle a tant aimé l'architecture mystérieuse et hardie. Là elle le nourrit des lettres grecques et latines. Elle lui enseignait tout ce qu'elle savait, et personne alors n'en savait davantage. Elle lui prodigua tous ses soins jusqu'au jour où cet enfant, devenu homme, s'appelle Descartes, Bacon, Galilée. »

Les œuvres de Virgile ont été conservées au sein de ces institutions religieuses si bien dépeintes dans un des mémorables discours de l'homme d'État qui, à l'heure extrême, par une grâce providentielle, a sauvé du débordement de la nouvelle barbarie l'enceinte de Paris, la France et peut-être l'Europe entière. Dans ces institutions furent réunies les épaves du naufrage des sciences et des lettres. Là se reconstituèrent des écoles et des bibliothèques, écoles gratuites, pas obligatoires, bibliothèques ouvertes au public, surtout aux pauvres, selon cette inscription de la bibliothèque Marucinelliana à Florence : *Publicæ et maxime pauperum utilitati.*

Dans ces collections de manuscrits rassemblés à tant de frais et avec tant de soin, les ouvrages de piété occupaient naturellement la première place. Mais les auteurs profanes, rangés sur des tablettes spéciales, n'étaient pas dédaignés, et le pur, l'harmonieux Virgile était, entre tous les écrivains de l'antiquité, un des mieux connus et des plus recherchés.

Au VIe siècle, un de ces moines d'Occident dont

M. de Montalembert a, de sa main pieuse, buriné l'histoire, saint Cadoc, du pays de Galles, vint dans notre Armorique fonder un monastère et une école. Très-délicat latiniste, il se plaisait à lire et à relire Virgile. Dans cette joie littéraire, il ne pouvait cependant écarter de son esprit une douloureuse pensée. Il craignait que le mélodieux poëte ne fût damné. « Hélas! s'écriait-il, ceux qui ont si bien chanté sur terre ne chanteront-ils pas au ciel? » Et le bon religieux pleurait et priait pour le salut de Virgile.

Comme à son murmure on peut suivre le cours du ruisseau caché sous les saules, de même, sous les voûtes des abbayes du moyen âge, on peut suivre les modulations des *Bucoliques*, des *Géorgiques* et de l'*Énéide*, depuis l'heure des ténèbres des sciences et des lettres jusqu'à l'aube de leur renaissance, jusqu'au jour où Dante proclame de nouveau avec un si tendre et si profond respect la gloire de Virgile : *O degli altri poeti onore e lume !* Par les chaires fondées dans les principales villes d'Italie pour les commentateurs de la *Divine Comédie*, le nom de Virgile retentit plus que jamais de tout côté. Il apparaît si merveilleux aux yeux des bonnes gens qui entendent si souvent parler de lui qu'on en fait un Faust comme celui de Goethe, un *Magico prodigioso* comme celui de Caldéron.

Pour le naïf peuple du moyen âge, Virgile était un de ces hommes dont on ne pouvait attribuer les facultés qu'à une science surnaturelle. Ainsi que Roger Bacon, Albert le Grand, Gerbert, il devait être un magicien.

N'est-il pas, en effet, un magicien, ce poëte qui

nous séduit par la mélodie de son rhythme, par la grâce et l'éclat de ses images, par la douceur ou l'élévation de sa pensée ?

On dit qu'il a imité Homère, Euripide, Théocrite. S'il leur a pris quelque forme de composition et quelque idée, qu'importe ? Il n'en a pas moins son caractère distinct, son génie original.

Dès l'une de ses premières œuvres, il nous transporte dans son pays natal, il nous retrace une de ses émotions de joie et de gratitude, une page de son histoire dans la sombre histoire des guerres civiles. Ce berger, qui est rentré en possession de son héritage et qui essaye au pied d'un hêtre des airs rustiques, c'est lui. Comme il est ému en parlant du jeune guerrier qu'il a vu à Rome et à qui il doit ses biens, sa liberté ! Comme elle est triste et touchante, la voix de celui qui reste condamné à l'exil et qui va s'éloigner de sa terre natale ! « Heureux vieillard, s'écrie-t-il, tu garderas tes champs qui te suffisent ; mais moi, reverrai-je encore, après plusieurs années, après plusieurs récoltes, le toit de chaume de ma pauvre maison et mon petit royaume ? Un soldat impie possédera ce terrain si bien cultivé. Un barbare prendra mes moissons. Voilà les misères enfantées par nos discordes ; voilà les hommes pour lesquels nous avons ensemencé nos sillons ! »

Ses descriptions ne sont pas longues, mais d'une justesse parfaite. Quelquefois, en un ou deux vers, comme un peintre en deux coups de crayon, il dessine une figure charmante. Ainsi, l'enfant qui apprend à connaître sa mère à son sourire, la petite fille qui va cueillir les pommes vermeilles dans l'enclos, et Galatée qui s'enfuit derrière les saules, mais qui, avant de fuir, veut être vue, et celle que Ménalque aimera plus que toute autre, parce qu'elle a pleuré quand il partait.

Quelquefois, par un trait, par un mot, il pénètre jusqu'au fond de l'âme. Les *Lacrymæ rerum* et le *Dulces moriens reminiscitur Argos;* ces touchantes expressions, hélas! nous avons bien dû nous en souvenir dans nos jours de combats, dans nos heures de deuil.

Si grand et si modeste, Virgile avait consacré quatre années de sa vie à ses *Églogues*, sept à ses *Géorgiques*, douze à son *Énéide*. Il n'était point satisfait de ce poëme. Surpris par la mort au retour de son voyage en Grèce, sans avoir pu, comme il le désirait, corriger son œuvre, il demandait qu'elle fût anéantie.

Glorieuses aspirations d'un idéal désir! Naïve et touchante défiance des esprits les plus élevés! Pétrarque ainsi condamnait au feu ses sonnets qui ont fait sa renommée. Par bonheur ses amis les appréciaient mieux que lui. Par bonheur Auguste connaissait l'*Énéide*. Lui-même avait engagé Virgile à la composer.

Il se disait issu d'Énée; un grand nombre de patriciens prétendaient descendre des compagnons de ce héros. Pour cette haute aristocratie, l'*Énéide* était un magnifique nobiliaire. Pour les autres citoyens romains, ce récit de voyages et de combats était l'*Odyssée* et l'*Iliade* du fondateur de leur empire. Pour nous, c'est l'un des plus précieux monuments littéraires de l'antiquité, l'œuvre latine la mieux conçue et la plus accomplie.

Nous pouvons ajouter que, par le sentiment religieux, par l'idée platonicienne dont elle est imprégnée, l'*Énéide* forme comme une chaîne d'or entre la poésie païenne et la poésie du christianisme.

Dix-sept siècles s'écoulent. Pour en venir à la troisième traduction de M. de Pongerville, je dois franchir à travers le moyen âge et la renaissance ce grand espace.

En l'an 1625, il y avait au Christ college de l'université de Cambridge un jeune étudiant, fils d'un simple bourgeois de Londres, qui souvent irritait ses maîtres par ses désirs d'indépendance, par ses révoltes contre les règles d'une ancienne discipline, et les étonnait par ses facultés intellectuelles. C'était le futur apologiste de la révolution d'Angleterre, le futur poëte du *Paradis perdu ;* c'était Milton.

En 1638, après avoir déjà composé son *Allegro* et son *Penseroso,* ces deux charmants poëmes, il entreprit avec joie une scientifique excursion, et d'abord il se dirigeait vers Paris. A cette époque, l'hôtel de Rambouillet était dans toute sa splendeur. A cette époque, Richelieu avait fondé l'Académie française; Corneille, après le succès du Cid, préparait le drame des *Horaces*, et Descartes venait de publier le *Discours de la méthode.*

C'était l'aurore du grand siècle. Le jeune voyageur n'en vit pas les rayons. Sa pensée était fixée sur l'Italie, qu'il désirait visiter depuis longtemps.

Cinquante ans plus tard, son élégant compatriote

Addison offrait à Boileau ses compositions latines, et on disait en Angleterre : « Il paraît que notre Addison est réellement un homme de mérite, M. Boileau l'a loué. »

Cinquante ans plus tard, l'évêque Thomas Newton exprimait le désir que la correspondance politique se fît en latin, car, disait-il, « si l'on n'y prend garde, la France, par l'universalité de sa langue, en viendra à établir l'universalité de sa monarchie. »

Telle était au XVIIIe siècle la crainte d'un éminent prélat anglais. Et maintenant!...

A son retour en Angleterre, Milton ne pouvait plus guère songer à tout ce qu'il venait d'admirer en Italie. Il entendait autour de lui les rumeurs sinistres annonçant la guerre, la guerre entre la royauté et le parlement, entre l'Église anglicane et cette multitude de sectes furibondes dont un critique érudit nous a donné la nomenclature dans une excellente monographie (1).

Milton, ainsi que Lucrèce, devait voir son pays en proie aux désordres civils; mais il ne s'éloigna point comme Lucrèce du conflit suscité et dominé par le dictateur britannique, par Cromwell.

Milton eut le malheur de donner l'appui de son éloquence aux raisonnements des régicides, de s'emporter contre un livre attribué à Charles Ier, et de combattre cette œuvre touchante par un libelle dans lequel il outrageait la mémoire de l'infortuné roi,

Milton avait pourtant l'âme généreuse et élevée. Il l'a bien montré par le plus grand nombre de ses écrits, par

(1) M. E. de Guerle. *Milton, sa vie et ses œuvres*, 1868.

les diverses péripéties de sa vie privée, par plusieurs incidents de sa vie publique.

Mais que de fois n'a-t-on pas vû les révolutions égarer les esprits les plus lucides et pervertir les consciences les plus honnêtes!

Virgile n'a-t-il pas représenté l'image de la plupart des révolutions dans sa peinture de l'Averne? La descente en est facile. Mais en sortir, mais remonter à l'air, à la lumière : là est la tâche, là est le travail.

Il faut dire, à l'honneur de Milton, qu'il ne fut entraîné à ses erreurs par aucun motif d'intérêt. Il avait la passion des libertés politiques et religieuses, et il regardait Cromwell comme le fondateur et le soutien de ces libertés. C'était le temps où bien d'autres en Angleterre s'égaraient, où les ennemis de la royauté, niveleurs et réformateurs, voulaient réformer jusqu'au *Pater*, déclarant qu'il ne fallait plus dire *adveniat regnum tuum*, mais *adveniat respublica tua*. Pour ses deux libelles contre la royauté, il fut pendant quelques jours poursuivi par le gouvernement de Charles II, puis gracié à la demande de Davenant, le poëte royaliste, auquel il avait rendu un service semblable sous la dictature de Cromwell. On voulut même plus tard lui donner une place importante. Il s'y refusa dignement.

Milton avait alors dépassé depuis longtemps ce *mezzo del camin*, cette moitié du chemin de la vie, où Dante entre dans la forêt obscure et sauvage qui lui faisait si grande peur. Il avait par l'excès de ses études et de ses veilles perdu peu à peu la vue. Il était aveugle, pauvre, sans emploi, trompé dans ses ardents rêves de liberté et de patriotisme, éloigné du monde, et souvent, à son foyer, atteint jusqu'au fond du cœur par la déception de ses espérances paternelles.

Un peintre l'a représenté assis dans un élégant salon, à côté de ses filles, qui le regardent avec une tendre sollicitude ; l'une d'elles tenant un livre ouvert sur ses genoux, l'autre appuyant son bras sur une harpe, toutes deux n'attendant qu'un signal pour lui lire un de ses auteurs favoris ou lui faire entendre un de ses chants aimés.

L'image est touchante. Par malheur, c'est une fiction.

Le fait est que, dans les dernières années de sa vie, l'illustre secrétaire du gouvernement britannique n'avait point une élégante demeure, mais un étroit appartement dans une petite maison à l'une des extrémités de Londres.

Marié trois fois, il n'avait eu d'enfants que de sa première union : trois filles revêches et méchantes, qui ne lui pardonnaient pas sa dernière alliance, bien que leur nouvelle belle-mère fût d'une nature aimable et sans prétentions. Souvent elles se révoltaient contre cette douce jeune femme, et souvent ne témoignaient pas plus de respect à leur vieux père. Dans sa science philologique, il leur avait appris, trop rigoureusement peut-être, à lire avec une exacte prononciation des livres écrits en langues étrangères sans leur donner la compréhension de ces langues, réduisant de cette sorte une œuvre intellectuelle à une récitation machinale.

C'est ainsi qu'elles lui lisaient la Bible en hébreu,

les poëtes grecs et latins, divers ouvrages français, espagnols, italiens; et elles accomplissaient cette tâche avec peine, de la façon la plus désagréable. Quelquefois aussi, il leur dictait les vers qu'il venait de composer en silence. Mais leur pensée ne s'associait point à la sienne, et leur cœur ne s'ouvrait pas à ses religieux accents. Enfin, faut-il le dire? pour satisfaire à quelques-uns de leurs caprices, pour avoir de l'argent, elles lui dérobaient ses livres et les vendaient.

Pauvre Milton!

C'est dans cet état d'humilité et de pénitence qu'il prit son plus grand essor, qu'il acheva son immortel poëme. Y a-t-il dans l'histoire des lettres un pareil phénomène psychologique, un autre exemple d'une telle vigueur d'esprit en de telles circonstances?

Les Irlandais racontent qu'une bonne vieille femme, aveugle de naissance, alla chercher un jour sainte Brigitte, et lui dit: « Ouvre mes yeux à la lumière, je voudrais voir ce monde que je ne connais pas. » Sa prière est exaucée. Les images de la vie humaine se dévoilent à ses regards, et elle s'écrie: « Assez! assez! ferme mes paupières. Plus séparée du monde, je suis plus près de Dieu. » Ainsi pouvait dire Milton. Séparé du monde réel qu'il ne connaissait que trop, il voyait par les yeux de l'âme les scènes surnaturelles qu'il a si admirablement décrites: les enchantements du paradis terrestre, les profondeurs du chaos, les ténèbres sulfureuses des régions infernales, et la lumière de Dieu dans les espaces infinis.

Il voyait et il peignait. Il se plongeait de plus en plus

dans ses contemplations et il faisait son œuvre. Quelle grandeur dans la structure de cette œuvre ! Quelle puissance d'imagination dans la peinture de Satan, dans le récit de ses révoltes et de ses combats ! Quel charme idéal dans l'Amour d'Adam et d'Ève, et quelle fin mélancolique !

Après leur arrêt de bannissement, lorsque l'archange Michel les eut conduits hors de leur merveilleuse demeure, ils regardèrent en arrière, ils virent au côté oriental du paradis onduler le glaive flamboyant, et, à la porte, des figures terribles, des armes étincelantes.

Quelques larmes tombèrent de leurs yeux. Bientôt ils les essuyèrent. Le monde était devant eux, le monde, où, guidés par la Providence, ils devaient choisir leur lieu de repos. La main dans la main, à pas incertains et lents, ils suivirent leur sentier solitaire à travers l'Éden.

Ainsi s'en allaient les exilés du paradis à la recherche d'un vague et lointain bonheur. Ainsi, depuis les premiers âges de l'univers, s'en va l'humanité dans ses rêves et ses aspirations, et ceux-là ne sont-ils pas les plus heureux qui en leur migration se sentent soutenus, comme l'Adam et l'Ève de Milton, par une cordiale affection et une religieuse pensée ?

Klopstock, qui, par la lecture du *Paradis perdu* et du *Paradis reconquis*, conçut l'idée de sa tendre *Messiade*, s'écriait en parlant de Milton : « C'est un être surnaturel. C'est un prophète. Il doit être honoré comme un Ézéchiel et un Isaïe. »

Dryden écrivait quelques années après la publication

du *Paradis perdu* que la nature avait réuni en Milton le génie d'Homère et celui de Virgile. L'éloge est un peu hyperbolique. Mais assurément le *Paradis perdu* de Milton est l'une des plus mémorables compositions de l'esprit humain. Rien n'égale dans les temps modernes quelques-unes de ses qualités superbes. Le Dante n'a point cette sereine lumière, ni l'Arioste cette grâce virginale, ni le Tasse cette faculté de création; et rien ne surpasse dans la poésie ancienne la grandeur du premier livre, ni la magnificence du quatrième, ni les suprêmes enseignements du douzième livre de cette œuvre biblique.

Elle n'a pas été traduite seulement dans notre langue, en vers par Delille, en prose par L. Racine, Chateaubriand, M. de Pongerville et plusieurs autres écrivains. Elle a été traduite en grec et en latin et dans toutes les langues vivantes de l'Europe. Un matin, dans l'un des districts septentrionaux de l'Islande, au bord d'un golfe orageux, je visitais une de ces pauvres habitations construites avec des blocs de laves, couvertes avec des mottes de terre, où en été on voit verdir un peu de gazon. Là, dans les sombres nuits de cette région boréale, près d'un petit feu de tourbe, à la lueur d'une lampe vacillante, un humble pasteur de village, Jon Thorlaksson, s'était délecté à lire les idéales descriptions de Milton, et avait traduit tout le *Paradis perdu* en vers réguliers, dans la vieille langue de l'Edda scandinave.

Le *Paradis perdu*, l'*Énéide*, la *Nature des choses*, ne sont pas seulement les chefs-d'œuvre de trois époques mémorables. Dans leur ordre chronologique ils nous représentent l'ascension de la pensée humaine, et forment une sorte de trilogie. Par l'échelle merveilleuse de leur poésie, on s'élève du matérialisme au polythéisme et du polythéisme à la divinité de la foi chrétienne.

Ceux qui ne peuvent lire ces épopées dans la langue où elles ont été composées doivent se réjouir de les voir traduites, et ceux qui, pour en avoir fait l'essai, connaissent les difficultés de ces traductions doivent apprécier le travail auquel M. de Pongerville a, pendant de longues années, consacré sa science de linguiste et son talent d'écrivain.

En 1830, il fut élu membre de l'Académie française ; M. de Jouy qui le recevait lui dit en parlant de Lucrèce :

« Remarquable par la pureté, l'élégance et l'harmonie du style dont tout le monde est juge, votre traduction l'est encore par cette fidélité qui n'a de véritables appréciateurs qu'un certain nombre d'érudits assez profondément versés dans la langue de Lucrèce pour vous tenir compte des extrêmes difficultés que vous avez vaincues. »

Cet éloge est juste, et on peut l'appliquer tout entier à la traduction en vers d'un choix intelligent des *Métamorphoses* d'Ovide que M. de Pongerville publia sous le titre d'*Amours mythologiques.*

Dans ce recueil, comme dans la version de Lucrèce, le vers est habilement fait, souvent vigoureux, toujours correct et ne s'écartant point des lois de l'ancienne prosodie : l'alexandrin coupé en deux hémistiches, la césure régulière, aucun enjambement.

« Il faut toujours, disait Voltaire, se réserver le droit de rire le lendemain de ses idées de la veille. » Plus ferme dans ses principes, M. de Pongerville ne pouvait rire des idées littéraires qu'il avait appris à respecter dès sa jeunesse. Inoffensif et placide comme il l'était, on ne le vit point guerroyer contre les romantiques. Mais il ne se rallia pas à leur manifeste, et jusqu'à la fin de sa vie il resta fidèle à la forme classique.

Dans cette forme, comme Esménard, Chênedollé, Campenon, Delille et plusieurs autres de ses contemporains, il voulait écrire son poëme. N'ayant point voyagé, il ne pouvait, comme un de ses prédécesseurs à l'Académie, décrire en strophes harmonieuses un magnifique périple (1). Il voulait faire dans sa retraite habituelle un poëme philosophique : *l'Homme !* Ce titre seul implique tout un monde d'idées. M. de Pongerville a commencé cette œuvre et en a publié quelques fragments, où apparaît une pensée philosophique trop indéterminée pour qu'il nous soit possible de la caractériser. Il n'a point achevé son entreprise; peut-être a-t-il été effrayé de l'étendue qu'il devait lui donner, ou, en relisant la cosmogonie de Lucrèce, l'*Essai sur l'Homme* de Pope, les pages éparses de l'*Hermès* d'André Chénier, peut-être s'est-il dit comme d'Ablancourt : « Mieux vaut traduire de bons ouvrages que d'en faire de nouveaux qui souvent ne sont pas neufs. » Et, au lieu de

(1) M. P. Lebrun, *le Voyage de Grèce.*

composer ce poëme, il a revu sévèrement ses traductions.

Pétrarque, parlant un jour à cœur ouvert de ses sonnets, en citait un vers qu'il avait refait trente-quatre fois.

Goldsmith, le doux poëte, notait comme une bonne journée celle où il composait une strophe. Je ne sais si M. de Pongerville a écrit les siennes avec tant de peine et les a tant de fois raturées, mais certainement tout ce qu'il a fait a été en conscience élaboré. Il était de cette bonne école qui suivait à la lettre le conseil du maître : « Hâtez-vous lentement. »

Assez riche d'ailleurs pour n'être point obligé de compter par un plus prompt travail sur un plus prompt salaire, il n'écrivait point *invitâ Minervâ*. Il attendait l'heure propice.

C'est ainsi qu'il a composé des épîtres et des dialogues pour exprimer une pensée affectueuse ou un sentiment de patriotisme, des notices biographiques où se révèle à chaque page sa bienveillante nature, et un écrit historique dont il a publié la majeure partie dans un recueil périodique, le récit de l'invasion des Anglais en France au XIVe siècle.

De ce lamentable événement il avait eu, dès sa jeunesse, par les souvenirs traditionnels de sa province, une vive impression. Un peu au-dessous d'Abbeville, sa cité natale, est le gué de Blanque-Taque qu'un traître infâme révéla aux ennemis et par où ils traversèrent la Somme. A quelques lieues plus loin, est le champ funèbre de Crécy.

En relatant ces sombres pages de nos annales, M. de Pongerville n'a point voulu, comme M. James et quelques autres écrivains anglais, composer une œuvre d'érudition, et il n'a pas eu non plus la prétention de nous faire oublier la chronique de Froissard, ce charmant conteur qui, en *travellant,* comme il dit, de par le monde, a vu tant de princes et appris tant de choses. Mais sa narration est très-correcte et animée par un vit sentiment de nationalité.

A cinq siècles de distance, son cœur se révolte au souvenir de la bataille de Crécy, de la catastrophe de Poitiers, de la spoliation de la France par le traité de Brétigny, et la nouvelle invasion qui nous menaçait, il ne la prévoyait pas dans le paisible arrangement de sa vie.

Ses parents, ayant quitté pour le rejoindre leur province de Picardie, demeuraient avec lui l'hiver à Paris, l'été dans une propriété qu'il avait achetée à Nanterre. C'est là que j'allais le visiter, il y a longtemps, ne songeant guère alors que j'aurais l'honneur de parler de lui dans cette assemblée.

D'ici je vois encore sa blanche maison au fond du vert enclos et les bonnes figures réunies dans cette demeure hospitalière, le banc où l'on allait s'asseoir, après dîner, sous un berceau de feuillage et le jardin où l'on se promenait à l'ombre des vieux ormes. Le possesseur de ce tranquille domaine pouvait dire comme Horace : « Ce petit coin de terre me sourit plus que le reste du monde. » Il avait, en outre, une joie que l'épicurien de Tibur n'a pas connue, une des plus grandes bénédictions que l'homme puisse obtenir en ce monde, le bonheur de voir à son foyer doucement grandir ses enfants et de garder en même temps près de soi, jusqu'à un très-grand âge, son père et sa mère.

Plus tard il eut encore la joie de voir un de ses fils se distinguer dans l'armée, et son autre fils et son gendre se signaler aussi dans leur carrière administrative.

Pour eux, il ne pouvait manquer de ressentir quelque ambition. Pour lui-même il n'en avait aucune, il ne désirait ni une place lucrative ni un titre officiel.

Mais en 1847 tout à coup il s'engagea dans la filière administrative, je ne sais pourquoi, sinon pour donner une nouvelle occupation à son activité, car il resta, jusque dans sa vieillesse, alerte et actif, et il avait soixante-cinq ans lorsqu'une ordonnance royale lui conféra l'emploi de conservateur à la bibliothèque Sainte-Geneviève. Quelques années après il entra, avec le même titre, à la bibliothèque de la rue de Richelieu. Puis il fut nommé membre du conseil général de la Seine. Ceux qui l'ont vu dans ces divers emplois se souviennent de l'amabilité de son caractère. Le fonctionnaire était d'une politesse extrême. Et je ne sache pas que le poëte ait jamais fait une épigramme. Au moins je n'en ai pas trouvé une dans la collection de ses œuvres.

Au commencement de l'année 1870, il tomba malade et bientôt s'éteignit.

Il avait demandé à être enseveli près de ses parents, dans le cimetière de Nanterre. Les habitants de ce village lui étaient fort attachés. Tous se rendirent spontanément à ses obsèques, et les principaux d'entre eux se disputaient l'honneur de porter son cercueil.

Ainsi finit une longue vie de 88 ans, la vie d'un honnête homme, distingué par son talent, ennobli par son travail, heureux par ses affections.

Aux jours de son enfance, dans la retraite où son père l'emmenait, sur les bords de la Manche, en voyant les orages de la mer et en écoutant le retentissement bien plus terrible des orages révolutionnaires, il a pu prononcer le *suave mari magno* de Lucrèce. Il a traversé, non point sans émotion, mais sans ambitieux combats, les révolutions de 1830, de 1848, de 1851, et il n'a pas eu la douleur de voir l'abîme où nous a jetés notre dernier tremblement de terre.

Si lamentables pourtant que soient nos calamités, nous ne devons pas dire dans un morne désespoir : Heureux ceux qui sont morts ! mais heureux ceux qui vivent encore pour s'entr'aider dans leurs souffrances, pour donner les salutaires exemples du courage civique, pour contribuer, selon leur force, à réparer les désastres de la patrie, pour conserver l'espoir de l'avenir, en tournant les regards vers ces deux rameaux du vieux chêne gaulois, vers ces deux grandes provinces de la France monarchique : Alsace et Lorraine, ces deux sœurs tant aimées !

Au temps de la Terreur, un féroce conventionnel disait à un paysan vendéen : « Je détruirai vos clochers pour que vous ne voyiez plus rien qui vous rappelle vos vieilles superstitions.

— Eh ! lui répliqua le brave homme, vous ne pourrez pas nous enlever nos étoiles, et on les voit de plus loin. »

La guerre étrangère et la guerre civile la plus cruelle n'ont pas ménagé nos clochers, et jamais, jamais nous n'oublierons le deuil qu'elles ont mis à nos foyers. Cependant elles n'ont pu nous enlever l'image des siècles où sont nos gloires, l'amour du sol où sont nos tombes, ni nos étoiles, rayons de Dieu.

Au fond du Nord, il est un phénomène qu'on ne peut voir sans admiration, bien qu'il se renouvelle régulièrement chaque année. C'est en été, quand vient l'heure de la nuit. Le soleil s'incline graduellement, lentement, à l'horizon. L'ombre ne s'étend pas encore sur la terre. Seulement, à la surface du ciel, il y a comme une gaze blanche qui en atténue légèrement la clarté, et dans les bois, dans les champs, sur les eaux, il se fait un grand silence. La nature s'assoupit. Puis soudain voilà que l'orient s'empourpre, que les rayons lumineux reparaissent et le mouvement renaît. C'est le réveil, c'est l'aube, c'est le jour qui recommence, touchant au jour qui vient de finir.

En me rappelant ce spectacle que j'ai tant de fois contemplé en Suède et en Norvége, je pense que les peuples ont, dans leur été, des phases où leur force vitale paraît s'engourdir, où le soleil de leur gloire semble s'éloigner ! Mais patience ! On le reverra dans toute sa splendeur, cet éclatant, cet immortel soleil que nul océan ne peut éteindre, que nulle nuit ne peut voiler !

DISCOURS

DE

M. CUVILLIER-FLEURY

DISCOURS

DE

M. CUVILLIER-FLEURY

DIRECTEUR DE L'ACADÉMIE

EN RÉPONSE

AU DISCOURS PRONONCÉ PAR M. MARMIER

POUR SA RÉCEPTION

A L'ACADÉMIE FRANÇAISE

LE 7 DÉCEMBRE 1871

PARIS

LIBRAIRIE ACADÉMIQUE

DIDIER ET CIE, LIBRAIRES-ÉDITEURS

35, QUAI DES AUGUSTINS

1871

DISCOURS

DE

M. CUVILLIER-FLEURY

Monsieur,

J'ai toujours aimé les voyageurs, ceux qui viennent de loin surtout, qui ont « beaucoup vu, beaucoup retenu », suivant le mot de notre grand fabuliste qui ne voyageait guère; et aussi, Monsieur, quand l'Académie vous a invité à venir vous asseoir au milieu de nous, ce n'est pas sans un certain plaisir secret que je me suis vu appelé par elle à l'honneur de vous marquer la place où vous deviez vous reposer un instant, entre deux voyages.

Depuis le grand écrivain dont l'imagination s'était

inspirée jusqu'au génie du spectacle que lui offraient, il y a près d'un siècle, le vieil Orient et la jeune Amérique, jusqu'à cet aimable et infatigable Ampère, dont la succession académique, remplie un moment avec tant d'éclat, se trouve aujourd'hui de nouveau si tristement vacante, l'Académie a toujours accueilli avec distinction ceux que désignaient à son choix des voyages intelligents et sérieux, bien dirigés et bien racontés. La Condamine, écrivain savant et voyageur hardi, était parmi les plus célèbres de vos devanciers. Il avait créé un précédent fait pour vous. Il eut pour successeur dans cette enceinte le traducteur des *Géorgiques*. Vous succédez au traducteur de Lucrèce. Il avait voyagé presque autant que vous, quand c'était plus difficile. Vous avez écrit plus que lui. Vos lecteurs ne s'en sont jamais plaints. Combien de nous, quand s'est fermé le cercle de fer qui devait pendant cinq mois enserrer Paris, ont charmé leur affreux ennui en suivant, à travers le monde, ceux qui avaient eu le bonheur de le parcourir et le talent de le peindre ! Vos livres avaient ce mérite, Monsieur, et je suppose qu'enfermé comme nous, vous en avez relu quelques-uns. Pour ma part, je n'y ai pas manqué. Je recherchais surtout ceux de vos ouvrages qui répondaient à nos impressions du moment. Un exemplaire de votre *Allemagne du Nord* est ainsi sorti de mes mains tout criblé de coups de crayon, qui ne s'adressaient pas à vous...

Étrange contradiction de votre destinée ! Combien de gens, dans la prévision trop facile du siége de Paris, avaient senti naître en eux tout à coup le goût des voyages ! Vous qui aviez passé une partie de votre vie, passionné pour cette libre allure du voyageur qui était votre vie même, vous voilà soudain et volontairement renfermé dans une grande ville, séquestré de la France et du monde, sans nouvelles de vos amis et de votre famille, — n'en ayant pas même de ce vaillant général, votre frère, un des défenseurs de Verdun, que quelques heures de route séparaient à peine de vous. Vous aviez voulu être assiégé, vous l'étiez.

Ah! quel souvenir, Monsieur! Je vois encore la lumière qui brillait si avant dans la nuit, au troisième étage de votre maison, dans l'universelle obscurité de nos rues; je la vois. Vous pensiez à nous, vous écriviez pour l'Académie. Ce travail auquel se livrait votre plume vigilante, c'était votre discours d'aujourd'hui que vous prépariez. Mérimée raconte qu'un jour, en 1812, pendant la désastreuse retraite de Russie, le comte Daru, voyant entrer le matin dans sa tente un jeune auditeur, le spirituel Stendhal, rasé de près et habillé avec soin : « Vous avez fait votre barbe, Monsieur, lui dit-il; vous êtes un homme de cœur ! » Vous aussi qui, parmi les angoisses de notre malheureuse ville et dans ce trouble incessant, pouviez recueillir les calmes échos de votre pensée solitaire, vous étiez un brave. Votre discours se ressent de cette sérénité de votre esprit, qui n'ôtait rien aux amertumes de votre cœur patriote.

Quel temps, Monsieur ! j'en puis parler. *Miserrima vidi!* Et de tels souvenirs, si présents encore à bon nombre d'entre nos confrères, ne sauraient compter ici pour des réminiscences trop personnelles, ou pour d'oiseuses digressions. La prévoyance est faite de mémoire. Il faut que la France se souvienne pour qu'elle s'éclaire. Il faut que son expérience serve à sa raison, que le bonheur à venir de notre pays soit le fruit douloureusement mûri de sa tardive sagesse. Souvenons-nous donc, et que chacun apporte son témoignage au trésor commun de la raison publique qui, en France, ne sera jamais trop soigneusement entretenu ni trop richement doté.

Vous aviez vu le siége de Paris et ses misères. Une épreuve autrement cruelle vous était réservée. Après le 18 mars, vous étiez resté chez vous. Vous avez tout vu. Terrible spectacle, que nous retrouvons, hélas ! à plus d'une page de nos orageuses annales, presque toujours à Paris : la démagogie complice de l'ennemi extérieur pour consommer, avec un faux air de patriotisme, la ruine du pays; les convoitises factieuses et cupides exploitant les malheurs publics, comme ces sauvages qui courent au pillage du navire désemparé; l'anarchie s'abattant sur la patrie sanglante et mutilée et bondissant sous l'ivresse, pendant la captivité ou l'absence de nos rois, dans l'incendie ou l'asssasinat!... Ah! que j'ai songé souvent, pendant ces extrémités du fatal naufrage, à ces vers si connus du grand poëte que vous avez si bien jugé :

Quand l'océan s'irrite, agité par l'orage,
Il est doux, sans péril, d'observer du rivage
Les efforts douloureux des tremblants matelots,
Luttant contre la mort sur le gouffre des flots;

Et quoique à la pitié leur destin nous invite,
On jouit en secret des malheurs qu'on évite (1).

Mais non, quoi qu'en dise Lucrèce, traduit par votre éminent prédécesseur, non, ce honteux bonheur de voir, sans en être atteint, le malheur des autres, cette satisfaction tristement égoïste, elle n'avait pas profité à ceux qui avaient assisté de loin à nos infortunes. Combien nous disaient au retour : « Nous avons plus souffert que vous ! »

J'ai dit que vous aviez bien jugé Lucrèce. Ai-je besoin d'ajouter qu'en vous associant à ses travaux, l'Académie espérait justement trouver en vous un juge excellent des œuvres de l'esprit, dans ces nombreux concours ouverts par elle à tous les genres de littérature sérieuse, et qui ne vous ont pas été trop contraires ? Votre carrière se compose de deux tendances en apparence opposées, mais dont l'une a été la cause et l'aiguillon de l'autre. En vous le lettré couvait sous le voyageur. Au premier rayon de soleil, soit parmi les cèdres du Liban, soit au milieu des glaces du Spitzberg, le lettré prenait l'essor. Du jour où, avec une plume de hasard, dans le premier abri venu, vous aviez écrit votre première page, le sort en était jeté ; et pendant plus de quarante ans le voyageur en vous, ni le lettré, ne devait plus s'arrêter que pour rajuster sa valise ou corriger ses épreuves.

(1) Traduction de *Lucrèce*, par M. de Pongerville (1re édition).

Je ne parle pas des fonctions publiques qui vous rappelaient quelquefois en France. Elles s'arrangeaient de votre double vocation, étant toutes littéraires et nullement assujettissantes. Elles vous attachaient, comme conservateur, à des bibliothèques où d'autres conservaient, pour vous, les livres que vous consultiez entre deux voyages. Les ministres, avouez-le, ne vous tenaient pas rigueur. Non-seulement ils vous laissaient un grand loisir; ils vous donnaient des missions qui justifiaient et au delà vos absences. L'un d'eux vous emmenait avec lui en Algérie; un autre vous attachait pour dix ans à la commission scientifique présidée par le savant Paul Gaimard, comme historiographe de la marine. Chacun en ce monde demande, plus ou moins, de l'avancement, des titres ou des croix; vous demandiez des congés. « Voir, c'est avoir, » a dit Béranger. Ah! vous étiez riche! Quel millionnaire aurait pu se croire mieux pourvu que vous? Vous aviez le monde. Un jour, vous renonciez à une chaire de littérature qui vous confinait au fond d'une province. Vous aviez là pourtant un auditoire empressé et, si j'en crois vos souvenirs, particulièrement aimable. Les dames du chef-lieu avaient obtenu, contrairement à tous les usages universitaires, d'assister à votre cours de littérature, et, pendant l'absence forcée de leurs maris ou de leurs pères trop occupés ailleurs, elles vous tenaient fidèle compagnie... Une brise de mer vint à souffler; le port de Brest vous réclamait; la corvette de Gaimard armait pour le Nord; adieu la littérature! « La littérature! » avait dit un jour M. Villemain, « elle mène à tout, à condition d'en sortir. » Il avait bien prouvé le contraire.

Vos années se comptent désormais par des congés, chaque année (de 1834 à 1864) par quelque nouveau volume. Votre style se ressent-il de cette succession rapide de vos écrits? Oui, sans doute; c'était son mérite. *Sermo pedestris.* Votre plume allait vite et poussait devant elle vos nombreux lecteurs. Les revues les plus accréditées s'ouvraient à vos correspondances. Vous exploriez ainsi successivement, et vos lecteurs avec vous, l'Islande, le Danemark, la Suède, la Russie, la Hollande, — les deux Allemagnes aujourd'hui réunies pour notre malheur, — tout le Nord jusqu'en Laponie, une grande partie de l'Orient depuis le Danube jusqu'au Nil, les pays du soleil et la région des neiges, la grande république américaine et le *far west* livré à l'envahissante émigration, et jusqu'à ces turbulentes républiques du Sud où vous trouviez un jour le trop célèbre Rosas, moitié dictateur, moitié banquier, déjà menacé dans son pouvoir et fort décidé à sauver la caisse... J'essaye de résumer, par quelques noms propres, la série volumineuse de vos ouvrages. Il y a tel pays où vous êtes revenu deux ou trois fois. Et puis vous allez toujours plus loin que personne. Regnard, notre aimable comique, se vantait d'avoir touché aux limites du monde. Vous, Monsieur, qui avez atteint le 82e degré de latitude, à 8 degrés du pôle : « Ah! quel chemin le bon Regnard aurait eu encore à faire, me disiez-vous un jour, avant que la terre manquât sous ses pieds! »

Le mérite de vos écrits, c'est la vérité. La sincérité est votre qualité maîtresse. Vous y sacrifiez parfois jusqu'à l'abnégation, laissant à d'autres plumes plus populaires l'entraînante jovialité de leurs « impressions ». Vous n'entraînez pas votre lecteur; vous le gardez facilement, quand vous l'avez. Vous aimez le merveilleux, celui qui s'offre naturellement à vous, dans les « légendes » locales, dont vous êtes très-friand. Tel est votre honnête mérite, Monsieur, et grande est l'utilité de vos écrits, qui, dans leur genre, sont des classiques. Ils sont certainement fort nombreux. Est-ce un défaut, si chacun d'eux est relativement court? Vous n'avez pas fait un voyage sans en tirer un livre. Vous n'avez pas fait un livre sans donner à votre lecteur le désir de faire après vous le voyage.

Des livres, on en fait beaucoup et partout. Un caractère ayant son originalité et son relief, cela n'est pas déjà si commun. Vous êtes, Monsieur, ce que je me suis permis d'appeler un jour, parlant de vous avec le sourire de l'amitié, « un voyageur convaincu (1) »; c'est-à-dire qui n'a pas seulement le goût des voyages, mais qui obéit, le jour où il part, à cette conviction, enracinée chez lui, que l'homme n'est pas fait pour rester en place, et qui a le courage de son opinion.

Vous étiez donc un voyageur d'instinct et de race. Vous n'auriez pas trop contredit Montaigne, lui qui voulait, « pour frotter et limer, comme il disait, la cervelle de « l'homme contre celle d'aultruy, qu'on commenceast à

(1) *Historiens, poëtes et romanciers*, 2e série. Paris, 1863.

« le promener, dez sa tendre enfance, par les nations « voisines (1). » Je crois bien, en effet, si on vous avait consulté, que, pour faire vos *promenades* (La Condamine appelait ainsi ses voyages à l'Équateur), vous n'auriez pas attendu votre vingt et unième année. Vous étiez si pressé! Ni intérêt, ni calcul, ni prétention d'aucun genre : vous n'aviez que d'honnêtes mobiles. « Ma prétention, écriviez-vous un jour, partant pour l'Algérie, était de ne pas enseigner la guerre au maréchal Bugeaud, la politique au comte de Salvandy, de ne rien demander, et surtout de ne rien prendre... » Aucun intérêt, je le répète. Une vraie passion! Marche! marche! vous disait le dieu de vos rêves, qui prenait, dans vos poétiques réminiscences, suivant l'inspiration du moment, toutes sortes de formes diverses, ange, démon ou sirène :

Oui, dans le vent du soir qui traverse la plaine,
Dans le soupir de l'onde et le chant de l'oiseau,
Quand je suis seul, j'entends une voix de sirène
Qui m'appelle toujours vers un monde nouveau... (2).

J'emprunte ces vers à un de ces recueils dont vous couronniez volontiers vos récits, et où se trahissait ce côté tendrement rêveur de votre nature, que les voyages n'affaiblissaient pas. Un mot de vous peint encore mieux pourtant que vos vers votre insurmontable vocation : un jour, à une époque où, très-attiré par le grand monde, causeur recherché des meilleurs salons

(1) *Essais*, chap. XXV.
(2) *Lettres sur l'Islande*.

de Paris, vous passiez tant de douces heures dans cette société d'élite, vous me disiez : « Ces sociétés m'enchantent et ces salons m'étouffent... Il faut que je parte. J'ai la nostalgie de l'espace. »

Tout servait à votre destinée; vous aviez, entre autres, à un remarquable degré, le goût des langues. Dans un pays tel qne le nôtre, votre exemple est bon à signaler, Monsieur; vos procédés bons à connaître. Vouliez-vous, par exemple, apprendre l'allemand? « Cette année, écriviez-vous (en 1832, vous aviez vingt-deux ans à peine), je partis pour l'Allemagne et m'en allai droit à Leipzig, sans savoir un mot d'allemand, et je me mis en pension dans une bonne famille bourgeoise qui ne savait pas un mot de français. Je dînais et soupais avec elle. La conversation n'était pas facile. Nous parlions par signes, comme les muets. Mais à force de chercher les mots dans le dictionnaire et à force d'en entendre prononcer, j'en vins bientôt à en savoir assez pour traduire des contes populaires, que la maison Levrault, de Strasbourg, voulut bien imprimer et vendre à mon profit. Avec le produit de ce travail, je pus visiter une partie de l'Allemagne du Nord; et, quand je revins en Saxe, deux ans plus tard, je courus chez mes bons hôtes, avec qui je pouvais maintenant causer tout à mon aise, non sans pouvoir aussi leur offrir, le dimanche, une bouteille de vin du Rhin; car j'étais plus riche qu'à mon premier voyage... »

C'est ainsi, Monsieur, que vous aviez appris l'allemand, puis le danois et l'islandais. Après les langues du Nord, celles du Midi ne pouvaient avoir de secrets pour vous. Vous saviez l'anglais de longue date. Apprendre les langues, c'était, dans vos moments de tristesse, quand, par exemple, une révolution avait troublé notre pays, votre ressource contre le découragement. Aussi en savez-vous beaucoup. A la fin de février 1848, notamment, tombé dans un affreux marasme, vous achetez un dictionnaire russe, et vous voilà à l'ouvrage, non pas consolé, mais ranimé. Le renom que vous aviez de connaître à fond les idiomes du Nord vous avait mis un jour, dans des temps plus heureux, en rapport avec un des rois de l'Europe qui savait le mieux toutes les langues, le sage roi Louis-Philippe. Vous reveniez alors du Danemark. Il désira vous connaître. Il avait fait autrefois, comme vous veniez de le faire, le voyage du cap Nord. Il engagea avec vous, dès votre arrivée, une conversation en danois, et, pendant une heure que dura l'entretien, le roi vous parla des lieux que vous veniez de parcourir avec une telle sûreté de mémoire qu'il vous parut, c'est vous qui le racontez, encore mieux informé, après quarante ans, que vous ne l'étiez peut-être vous-même, après quarante jours (1).

L'écueil des voyages, dans un esprit mal fait, c'est parfois un certain affaiblissement de l'instinct patriotique, qui résulte d'une recherche trop habituelle d'affections et d'émotions extérieures. La patrie est volontiers exclusive et jalouse,

. . . . Et, pour le trancher net,
L'ami du genre humain n'est pas du tout son fait...

(1) *Lettres sur le Nord.*

Dieu merci, Monsieur, « cette vaste complaisance », comme l'appelle notre grand comique, n'a jamais balancé en vous l'amour de votre pays natal. Mais ce dernier sentiment n'était en vous ni étroit ni exclusif. Il vous préservait de l'engouement cosmopolite ; il vous permettait la bienveillance. Vous êtes un voyageur bienveillant. Tout voyageur français a, presque naturellement, le défaut contraire. Nous sommes, trop souvent, loin du clocher natal, dénigrants par vanité et injustes avec étourderie. Laissez-moi le dire, Monsieur, après vous avoir lu : la bienveillance est la moitié de la clairvoyance. Les pessimistes sont des aveugles. L'esprit de dénigrement étourdi n'est pas seulement le fléau des relations politiques entre les hommes ; il est un bandeau sur les yeux d'un voyageur. Vous êtes donc bienveillant. Partout où vous rencontrez un visage humain, fût-ce d'un Lapon, éclairé d'un rayon de bonté à défaut de soleil ; partout où vous recevez, fût-ce chez les Tschoukis et sur la cime du Caucase, l'étreinte expressive d'une main loyale, votre cœur s'ouvre aux braves gens, aux honnêtes femmes, aux esprits sincères, aux bonnes âmes. Il en reste plus qu'on ne croit sur la terre ; s'il y en avait moins, le monde finirait. Ce sont les honnêtes gens qui le font durer. L'expérience du voyageur a aidé en vous cette conviction du philosophe. Vous êtes de ceux qui croient que Dieu a fait l'homme à son image, et vous le croyez, même après avoir, comme le vieil Homère, « vu tant d'hommes et tant de villes », même après avoir relu Lucrèce. Vous croyez à la ressemblance, en dépit des contrefaçons. Ce sentiment,

Monsieur, et cette conviction, vous les aviez portés partout avec vous comme d'excellents guides, dans vos plus lointaines pérégrinations. Ils se retrouvent partout sous votre plume, vers ou prose, comme l'effusion d'une âme naturellement aimante.

. . . .
Les hommes seuls entre eux ont pcsé ces barrières
Qui s'effacent déjà, qui tomberont un jour ;
Car du nord au midi tous les hommes sont frères ;
La nature partout chante son chant d'amour...

Telle était, Monsieur, votre bienveillance. Elle vous avait fait des amis partout : tantôt ces paysans qui, sur votre bonne mine, vous donnaient l'hospitalité dans les steppes de la Moscovie, ou ces Nomades qui vous ouvraient leur tente dans les défilés du mont Carmel ; tantôt de petits bourgeois, comme cette bonne hôtesse de Weimar qui, voyant votre embarras un soir que vous étiez invité à dîner chez le grand-duc, vous louait, au prix de 18 *groschen*, un chapeau à trois cornes, une épée avec son ceinturon et une chaise à porteurs. Dix-huit *groschen* pour ressembler à un marquis, c'était pour rien ! Ce grand-duc était aussi un de vos amis. Vous en aviez d'autres. En Danemark, le vieux roi Frédéric II, celui que les traités de 1815 avaient dépouillé d'une partie de ses États et à qui on disait au congrès de Vienne : « Vous avez gagné tous les cœurs ! — Soit, répondait-il, tous les cœurs, mais pas une âme. » En Suède, c'était Bernadotte, que 1815 n'avait pas trop brouillé avec les Français ; en Hollande, le roi

Guillaume, qui aurait pu leur garder rancune. Vous les aimiez, ces augustes personnages, sans trop le leur dire, songeant, avec Andrieux, un de vos prédécesseurs dans notre Compagnie, et qui n'était pas plus courtisan que vous,

. . . . Que ces malheureux rois,
Dont on dit tant de mal, ont du bon quelquefois.

Après cela, le dirai-je, Monsieur? vous n'êtes pas toujours bon. Votre bienveillance a son revers et ce revers a son relief. « Depuis les frontières de France jusqu'aux murs d'Alexandrie, dites-vous quelque part, j'ai compris que, sans changer de principes, on pouvait être conservateur aristocrate en Suisse, progressiste en Autriche, réformateur en Hongrie, révolutionnaire en Valachie et en Moldavie, adversaire de la Russie des rives du Danube jusqu'à celles du Jourdain, ennemi de l'Angleterre partout où elle se trouve en présence des intérêts de la France et du catholicisme (1).» Vous écriviez ces lignes en 1846. Vous en laisseriez bien quelques-unes aujourd'hui ? Votre livre *Sur la Russie* fut interdit dans l'empire du czar, « à cause, pensiez-vous, du chapitre sur la Pologne. » Il y avait bien aussi quelque autre raison. Un jour, en effet, votre éditeur de Paris vous montre une lettre qu'il venait de recevoir de Pétersbourg. C'était un libraire, son correspondant, qui lui écrivait : « La police vient de défendre ici la mise en vente des lettres de M. Marmier sur la

(1) *Du Rhin au Nil.*

Russie. Envoyez-m'en d'urgence trois cents exemplaires. »

Juste et sévère pour la Russie, que vous n'avez voulu ni flatter, car elle était puissante, ni dénigrer à une époque où c'était la mode, vous aviez déjà le pressentiment du mal qu'une autre nation, alors moins redoutable, devait nous faire un jour. La Prusse a eu sa part de vos bonnes impressions ; elle a trouvé en vous plus tard, dans un de vos meilleurs écrits, et avant nos malheurs, un témoin impartial, mais peu flatteur (1). C'était le temps où tout le monde croyait à la bonhomie des Allemands. En vain Chamfort nous avait dit autrefois : « Je ne sache pas de chose à quoi j'eusse été moins propre qu'à être un Allemand. » Ces bons Allemands ! disait-on depuis un siècle ; vous le disiez aussi ; et ils nous le rendaient bien, si j'en crois vos récits : « Nous les aimions, vos bons petits soldats, vous racontait un jour une vieille aubergiste. A peine installés dans nos maisons, ils s'y trouvaient à l'aise et mettaient tout le monde à l'aise. Ils aidaient la cuisinière ; ils berçaient les petits enfants ; ils riaient et chantaient... » Votre hôtesse avait raison : « Nos soldats, disait le général Foy, se faisaient redouter en masse et adorer en détail... » On s'aimait donc, peut-être plus qu'il ne fallait, sur les deux rives du Rhin. Vous étiez sous le charme, comme tant d'autres.

Êtes-vous toujours du même avis? Ainsi se transforment souvent, après une période de temps plus ou

(1) *Souvenirs d'un voyageur.*

moins longue, les qualités distinctives d'une race ; et, chose étrange! après un siècle, quelquefois moins, un survivant ou un revenant, Mathusalem ou Épiménide, ne reconnaîtrait plus le peuple où il aurait vécu ou dormi. Les bons Allemands! et les Anglais abolitionnistes! Et ce peuple de braves, personne ne le conteste, qui a un chapitre de son histoire qu'il n'a pas rougi d'intituler *la Terreur!* Et le peuple spirituel par excellence! N'achevons pas; c'est une réputation à refaire...

Sur ces questions de philosophie historique, Monsieur, nous étions depuis longtemps d'accord. La politique ne vous attirait pas. Elle vous trouvait toujours ferme et toujours fidèle. Vous n'attendiez rien de vos opinions. C'est le moyen de les conserver. Vous étiez libéral tout juste, mais vous l'étiez. Vous étiez chrétien avec tolérance, mais vous l'étiez. Le voyage que vous avez fait aux États-Unis, en 1848, boudant la révolution, et cherchant une république meilleure que celle de Février, ne vous avait pas converti en Mormon ni rendu républicain. Au contraire. Laissez-moi vous dire à ce propos que votre goût pour la sociabilité française et pour les salons parisiens vous avait insuffisamment préparé à cette épreuve. Ce spectacle d'une société où tant d'habitudes grossières et d'attitudes excentriques font cortége à la liberté, révoltait en vous l'homme de bonne compagnie ; l'observateur impartial fermait les yeux sur la valeur des institutions républicaines, si grandes quand c'est un peuple vraiment sensé qui les pratique... Mais nous étions au lendemain d'une révolution. Vous avez vos faiblesses tout comme un autre; vous vous vengiez.

Les États-Unis n'en mourront pas; votre livre restera, témoignage amusant et suspect de ce que vous avez vu, sincère organe de ce que vous sentiez. Et puis cela n'a pas duré longtemps. Vous avez quitté l'Amérique. Dans l'univers il y avait pour vous un lieu de prédilection, c'était la France; dans la France, l'Académie. Vous vous rappeliez qu'au début de votre vie active, sur la proposition de M. Guizot, déjà illustre et puissant par l'éloquence, quand vous n'aviez pas vingt-cinq ans, l'Académie vous avait accordé, par une décision sans précédent, le subside qui vous permit d'aller en Islande. Vous ne l'avez jamais oublié. Non-seulement vous avez écrit pour faire preuve de littérature; vous avez écrit avec conscience pour plaire à l'Académie. Entrer à l'Académie, c'était votre vœu secret avant d'être votre franche et légitime ambition. Vous sembliez dire : J'ai été son obligé, deux ou trois fois son lauréat; je veux être davantage; je lui dois cela. Votre reconnaissance avait déjà fait plus des trois quarts du chemin, quand l'Académie a voulu vous donner un témoignage décisif de son estime pour tant d'excellents livres dont vous aviez doté la littérature des voyages, sans parler de ceux qu'elle avait couronnés à d'autres titres.

De ceux-là, je ne parlerai pas, non pas parce que la plupart sont des romans; vous aurez ici pour confrères, Monsieur, des écrivains de beaucoup d'esprit qui sont de grands romanciers. Pour vous, conteur plus habile qu'inventeur fécond, vous arriviez facilement à l'intérêt sans prétendre à la surprise et sans trop exagérer l'émotion. Mais celles de vos œuvres de ce genre qu'a justement distinguées l'Académie française ont été analysées, en leur temps, et louées dans cette enceinte par une voix qui impose silence à la mienne. Cet incomparable suffrage de notre ancien secrétaire perpétuel relevait en vous, dans ces écrits relativement secondaires, « le ton naturel, la pureté du style, des mœurs naïves, disait-il, et des sentiments profonds. » Il a loué surtout vos *Fiancés du Spitzberg*, cette simple histoire où vous pouviez vous croire dispensé d'élever beaucoup la température de l'amour, et où vous avez semé pourtant de touchants épisodes de sentiment. Quant à *Gazida*, qui porte aussi sur son front de jeune fille une de nos couronnes, M. Ampère, qui connaissait si bien cette contrée du Canada indien où votre héroïne a vécu et souffert, avait attesté au sein de l'Académie la vérité de vos tableaux, et un bon juge de l'honnêteté en toute chose, le duc de Broglie, disait qu'il fallait honorer en vous, par ce prix qui vous était destiné, « l'écrivain et l'honnête homme. » Ces œuvres du reste, romans d'imagination, de mœurs ou d'histoire, auxquels je n'ai plus le temps de donner même une simple mention, étaient encore des voyages. La fiction faisait revivre pour vous, sous une autre forme, les contrées que vous aviez parcourues. Elle les éclairait de sa douce lumière. Les nombreuses traductions par lesquelles vous vous reposiez de vos longues fatigues, et qui préludaient souvent à vos inventions romanesques, avaient le même caractère : c'était autant d'excursions que vous faisiez dans les divers pays des conteurs qui vous avaient amusé, des historiens qui vous avaient instruit, des poëtes qui vous avaient charmé. Romans ou traductions, c'est presque la moitié de vos œuvres complètes qui ne vont pas à moins de cinquante volumes, et dont la véritable unité, c'est vous, Monsieur, qui, sans grande prétention d'originalité, vous y êtes peint vous-même. La physionomie dont j'ai essayé de donner ici les principaux traits, vous en aviez fait partout l'esquisse modeste et vraie. Vous qui n'avez jamais cherché ni la fortune, ni le lucre sous aucune forme, ni les succès d'argent et de bruit; vous qui avez aimé avec désintéressement les bons livres, les honnêtes gens et le beau monde, il y a une chose que vous avez toujours faite avec une préméditation très-marquée; ce sont vos écrits. Il fallait que tous, de près ou de loin, en prose ou en vers, histoire littéraire ou récits, œuvres originales ou comptes-rendus, fictions ou traductions; il fallait qu'ils vinssent tous se ranger, cortége obéissant et attrayant, à la suite du voyageur, qu'ils servissent à sa destinée et à son renom. C'est ainsi que l'Académie vous a compris; et c'est à tous ces titres qu'elle vous a choisi, comme on recherche, pour fêter ses amis, ces vins généreux qui ont fait le voyage des Indes et qui n'en sont que meilleurs.

Si l'Académie avait eu l'idée d'opposer à la tranquille destinée de M. de Pongerville la volontaire agitation de la vôtre, elle a bien fait de vous prendre, Monsieur, sans parler de tant d'autres raisons qui l'ont décidée. Le contraste ne pouvait être, en ce sens, plus complet. Vous étiez le mouvement, il était le repos; — repos intelligent et occupé, ardent à l'étude, très-libre dans ses préférences, allant droit à ce qui était difficile, ou qui semblait impossible; témoin la traduction de Lucrèce. « Les longs ouvrages me font peur, » disait-on à l'époque où ils étaient très-courts et d'une qualité supérieure. M. de Pongerville, partant pour ce long voyage dans les régions désolées du naturalisme, pouvait passer pour intrépide. Il était né pour le travail sédentaire et fait pour la vie privée; il faut même que vous me permettiez de le reprendre à mon tour dans ce milieu où vous l'avez laissé, peut-être un peu vite. Je sais bien pourquoi. La vie qu'il a si admirablement conduite, au sein d'une famille vaillante et charmante, vous en avez joui un instant; vous en avez eu, sous la forme la plus gracieuse, la vive image, bientôt disparue; et vous avez dû dire un jour, voyant cette place vide devant votre foyer éteint, comme le Teucer du poëte à ses compagnons de route : « Amis, laissons ces joies de la vie humaine... demain nous reprendrons la vaste mer! » M. de Pongerville avait ce genre de bonheur intime qui, plus que la grandeur peut-être, « attache au rivage ». Il avait eu comme vous un père vigilant et savant. Sa famille était ancienne en Picardie comme la vôtre en Franche-Comté. Nicolas Sanson, le célèbre géographe, le créateur en France de cette science qu'il eut charge d'enseigner à Louis XIII, et que nous savons encore si mal, était un de ses ancêtres. Sanson fut anobli par son élève, comme un de vos aïeux maternels l'avait été en 1526 par Charles-Quint. L'écusson de noblesse du géographe portait trois sansonnets, que M. de

Pongerville avait soigneusement conservés dans celui du poëte. Plus chanceux que vous, il avait sauvé quelques débris de la fortune de ses pères, et il s'était trouvé dès sa jeunesse, quand il eut à en chercher l'emploi, en possession d'une indépendance qui aide tant de gens à s'en passer. Quant à lui, son siége était fait. Il était prédestiné aux lettres comme vous aux voyages, et dès l'âge de vingt ans il se vouait à Lucrèce; à trente ans il montrait des chants entiers de sa traduction en vers; il la publiait à quarante.

Je ne donne pas ces dates pour revenir sur ce que vous avez si bien dit, mais pour vous tenir compte d'une découverte qui vous est due; car ces dates, c'est vous qui nous les donnez. C'est vous qui faites naître M. de Pongerville en 1782. Aucun de ses biographes n'était allé si loin de l'autre côté du siècle (1). Il y a donc là une sorte d'énigme historique. J'en ai le secret, ou plutôt nous l'avions tous à l'Académie. M. de Pongerville n'aimait pas à dire son âge. C'est une originalité qui s'explique chez les personnes que l'âge n'a pas trop maltraitées. L'auteur de la traduction de Lucrèce avait eu cette bonne chance. Il avait une vieillesse verte et vigoureuse. Sa taille était restée droite, son corps alerte, ses cheveux n'avaient qu'à moitié blanchi. « Voyons, lui disions-nous, cher confrère, quand on porte si allègrement une si belle vieillesse, il faut lui laisser sa date. » — « Je l'ai oubliée, disait-il avec un sou-

(1) Voir la judicieuse *Notice* de M. Léon Halévy et le Dictionnaire Vapereau.

rire qui disait autre chose; mais, pour me croire tout-à-fait jeune, j'ai de trop vieux amis. » Il aurait répondu volontiers comme Moncrif, auteur d'une *Histoire des chats*, et qui mourut très-vieux; Louis XV lui disait : « Monsieur Moncrif, on vous donne quatre-vingt-deux ans? — Oui, Sire, mais je ne les prends pas. »

Vous avez, Monsieur, judicieusement limité la carrière de M. de Pongerville entre les trois grands astres dont il a été tour à tour le satellite docile et brillant, Lucrèce, Virgile et Milton. Vous êtes allé, avec beaucoup d'étude, les chercher dans cet empyrée poétique où ils résident, voulant ainsi reporter une partie de leur immortel éclat sur leur modeste imitateur. Je ne vous suivrai pas sur ces hauteurs. Je ne m'y perdrais pas plus que vous. Notre métier de critique nous les rend familières, même si notre goût ne nous les faisait aimer. Lucrèce, Virgile, Milton, le génie poétique mis tour à tour au service de la plus sophistique hardiesse, de la plus exquise sensibilité, de l'imagination la plus prodigue; — Lucrèce, Titan révolté; Virgile, tendre et viril amant de la muse; Milton, l'archange aveugle dont les flammes de l'Érèbe ont brûlé les yeux; — Lucrèce, qui donne à la nature ce qu'il ôte à Dieu, mais avec de telles couleurs que, quoi qu'il fasse, Dieu y reste; Virgile, qui fait sa Didon si malheureuse et si touchante, qu'en dépit de son suicide elle fera pleurer saint Augustin; Milton enfin, qui semble avoir créé son démon à l'image des régicides de son temps, pour leur gloire presque plus que pour leur confusion.

Oui, Monsieur, vous avez raison, c'est surtout dans la compagnie de ces trois grands poëtes que M. de Pongerville a vécu soixante ans, qu'il a senti, qu'il a pensé, presque plus qu'il n'a traduit. Ce sérieux labeur n'était pas toute sa vie. Il aimait comme vous, presque autant que vous, cette société parisienne dont il ne s'est guère éloigné plus loin que Nanterre. Une certaine activité dans des fonctions publiques ne lui déplaisait pas. M. de Salvandy lui avait un jour fait espérer un siége à la chambre des Pairs. Le poëte préféra l'emploi de conservateur-adjoint à la Bibliothèque royale qui lui permettait de continuer, dans la section de géographie, les travaux de son aïeul. Une part très-large de son loisir appartenait encore à des essais originaux où s'épanchait sa verve plus abondante qu'on ne le croyait, et où se montraient aussi le caractère, l'esprit, les sentiments, j'allais dire les passions de l'austère traducteur, connu comme tel et confiné en quelque sorte dans cette renommée exclusive.

C'était l'époque où les fidèles de la grande antiquité, se sentant serrés de près et menacés par de hardis novateurs, se défendaient à outrance. « Il y a deux sortes de classiques au sens moderne, disait en riant M. Cousin, les classiques du soleil et ceux de la lune. » M. de Pongerville était parmi les premiers. Sûr de lui-même, il suivait, d'un œil inquiet et pénétrant, le cours troublé des œuvres contemporaines. En prose, il était patient. S'il s'emportait parfois, c'était en vers; et, tandis que M. de Jouy, dans sa réponse au discours de réception de son savant confrère, signalait comme « un scandale sans excuse » la vogue croissante de l'école romantique, le traducteur de *Lucrèce* se contentait de la vouer au feu, dans une boutade rimée, dont le public ne connaissait rien :

Toi, dont l'ardente et dévote furie
A mis au feu la docte antiquité,
Du saint prophète apôtre redouté,
Des beaux écrits illustre incendiaire,
Renais, Omar, pour un fait tout contraire!
Anéantis ces livres éhontés,
Ces livres fous, par des fous enfantés,
Rebut de l'art... etc.

Je cite ces vers, sans les aimer; M. de Pongerville ne les eût pas faits quelques années plus tard. Quand le célèbre auteur des *Feuilles d'automne* vint demander un siége à l'Académie, où Lamartine l'attendait depuis dix ans, M. de Pongerville se prononça ouvertement pour lui. En toute question, il avait son franc parler : philosophie, religion, politique, histoire. J'ai eu sous les yeux une épître assez vive qu'il adresse à un roi de Bavière, après nos désastres de 1815. Ce roi avait appris à faire des vers; il en abusait pour insulter la France abattue :

D'un peuple que vous-même adoriez triomphant
N'accusez plus l'honneur; l'honneur vous le défend.

Dans une autre pièce, *Sur la peine de mort*, il montre l'échafaud plus funeste à la société qu'au coupable, emporté par le vice ou la passion :

Loin que votre rigueur réprime son transport,
Il s'encourage au meurtre en affrontant la mort.

Sur la providence, sur l'immortalité de l'âme, sur Dieu même, dont il n'a, dans aucun de ses essais, nié l'existence, il est bien malgré tout le disciple de Lucrèce, mais avec un embarras visible, dès qu'il ne s'appuie plus sur son puissant maître. On dirait qu'il est à la fois heureux de briser sa chaîne et embarrassé de sa liberté :

. . . .
Quand le globe naissant, échappé de ses mains,
De sa féconde argile enfanta les humains,
Ce Dieu n'aperçut pas leur foule vaine et fière,
Rampant avec orgueil sur ce grain de poussière ;
Il reporta plus haut son regard satisfait...
Qu'importe le détail, quand l'ensemble est parfait ?

J'emprunte ces beaux vers à un *Poëme sur l'homme*, que M. de Pongerville n'a jamais achevé. L'accent est vif, le style est d'un maître, l'indépendance de la raison tourne à l'esprit fort. L'excellent M. de Pongerville s'y livrait volontiers, mais sans affiche ni déclamation d'aucune sorte. Il était fin, discret et modeste, non sans trahir parfois, dans un sourire involontaire, une certaine complaisance qu'il avait pour sa pensée.

Il n'aurait pas été déplacé, deux siècles plus tôt, dans la brillante compagnie du « salon bleu ». Il ne l'était pas dans le cabinet de Louis XVIII, où Lucrèce lui avait assuré ses entrées. On sait que l'auteur de la Charte s'était donné le luxe innocent des citations latines et des à-propos érudits. « Comment avez-vous traduit ce vers de Lucrèce? » dit-il un jour à M. de Pongerville, qui reçut, ne s'y attendant guère, la question et le vers en pleine poitrine :

Primus in orbe deos fecit timor...

Le traducteur n'hésite pas une minute et répond :

« La crainte sur la terre a créé les faux dieux. »

« Les faux dieux? » dit le roi. « Allons donc! Le texte de Lucrèce n'en dit pas tant. — C'est vrai, Sire, c'est un vers à refaire ; » et en réalité Pongerville avait improvisé sa réponse. Le vers était de Stace, dans la *Thébaïde* (1). Le roi avait fait une fausse citation. Le poëte le savait et n'avait pas osé le dire au roi. Être pris en flagrant délit d'inexactitude à propos d'un auteur latin, Louis XVIII aurait mieux aimé apprendre le rejet de la proposition Barthélemy. L'aimable savant lui épargna ce chagrin. Politesse, non de courtisan, mais d'homme bien élevé.

Il l'était partout. Dans ces rapports de chaque jour, souvent si délicats, parmi tant de confrères d'une si inévitable diversité, personne n'avait plus que M. de Pongerville le sentiment et le culte de l'égalité académique, la seule que la Révolution française n'eût pas inventée. Il se prêtait à tous nos travaux avec un zèle que l'âge n'arrêta jamais : commissions d'examen, Dictionnaire historique, administration de nos finances, préparation de nos prix de vertu. Il est resté jusqu'à la fin, sentinelle d'honneur, à ce dernier poste, où il

(1) *Thebaidos* lib. III, v. 661

retrouvait, reçu le même jour que lui, il y a quarante ans, l'illustre auteur de la *Campagne de* 1812, le général de Ségur, jeune encore aujourd'hui par le dévouement, et pour lequel l'heure du travail est toujours, comme on dit, l'heure militaire...

Tel était l'homme; — au fond, comme vous l'avez dit, M. de Pongerville a été avant tout le traducteur de Lucrèce. Il nous faut toujours en revenir là.

Vous avez bien traduit Schiller, Monsieur. Vous avez un sûr instinct des règles d'une bonne traduction. Vous êtes-vous dit à quel point les rapports fréquents entre les peuples, la communauté de certains usages, l'analogie, non pas complète, mais habituelle, dans les mœurs, les croyances et les idées, rendent plus facile la reproduction des œuvres modernes que la traduction des anciennes? Notre langue a beau être fille légitime du noble langage que parlaient César et Cicéron, penser en latin est autrement difficile que de penser en anglais, en italien, en allemand. « Si vous voulez parler français, disait Voltaire, n'allez pas en Allemagne. » Allons-y pour apprendre l'allemand. Cela pourra nous servir un jour.

Au fait, la grande difficulté d'une traduction dans tous les temps, c'est de respecter le génie de la langue traduite, sans trahir le génie de sa propre langue, sous peine de n'avoir qu'un calque brutal ou une imitation trompeuse. On n'a bien traduit en France, à très-peu d'exceptions près, que dans le siècle où nous sommes. Autrefois on avait, au lieu de traductions, des œuvres d'un style parfois excellent, ce qu'on appelait alors

« de belles infidèles ». On les aimait pour leur beauté; on les fuyait pour leur trahison. Tout au contraire, cette lutte entre deux idiomes, l'un résistant à l'autre, mais à la fin dompté sans être asservi ni avili, c'est le grand succès de la traduction moderne, et c'est ainsi que les Guéroult, les Cousin, les de Wailly, les Jules Pierrot, les Burnouf (je ne parle que des morts), ont fait des chefs-d'œuvre dans la voie que leur avaient ouverte, à la fin du dernier siècle, les Lagrange et les Delille.

L'auteur du poëme de la *Nature* est sans contredit le poëte latin qui cède le moins de lui-même dans cette lutte entre deux langues dont l'une veut arracher le secret de l'autre. Quoi qu'en aient dit deux commentateurs d'un mérite éminent (1), Lucrèce n'a encore donné à personne, même à M. de Pongerville, tout son secret. Dans sa version en vers, le traducteur avoue souvent, avec un peu de confusion, qu'il vient d'arriver à un défilé infranchissable, et il saute par dessus. Dans sa traduction en prose, car il s'y est pris de toutes les façons pour dompter le sphinx de l'épicurisme, il n'est pas beaucoup plus heureux. Il passe le ravin ; il y laisse le brouillard. Ai-je besoin de dire que ce n'est pas sa faute ? Voltaire disait du IIIe livre tant admiré par Frédéric : « Je le traduirai, ou je ne pourrai. » Il ne l'a pas traduit. La difficulté le tentait. Il a résisté. M. de Pongerville a été plus courageux. Il aimait les aven-

(1) *Études sur la poésie latine*, par M. Patin, secrétaire perpétuel de l'Académie française. — *Le poëme de Lucrèce*, par M. Martha, ouvrage récemment couronné par l'Académie.

tures. C'est ainsi, lorsqu'il eut l'idée de traduire un ouvrage anglais, qu'il est allé droit à Milton; dans Ovide, c'est à l'épisode de l'incestueuse Myrrha, qu'entre autres fragments des *Métamorphoses,* il s'est essayé, non sans réussir.

Hardi dans ses préférences, M. de Pongerville n'a pas cette fougue dans l'exécution. Une fois à l'œuvre, son procédé est tout autre : prudent, circonspect, très-ménager de ses ressources, très-fidèle au génie de notre langue jusqu'au point de nous laisser prendre le change maintes fois sur les qualités et les défauts de son auteur. Lucrèce, sans parler du philosophe, comme écrivain est rempli de défauts. Comment! il est le contemporain de Catulle, il est du siècle de César, de Salluste et de Cicéron, et on nous dit, pour excuser les rudesses de son style, les âpretés de sa langue poétique, la négligence abrupte et inharmonieuse de sa versification, on nous dit que la prose à Rome n'était pas formée et que la poésie n'était pas née! Virgile, par hasard, était-il de deux siècles moins vieux que Lucrèce ? Lucrèce a écrit comme il a voulu, non comme la prétendue inexpérience de son temps l'y condamnait. Il est responsable de ses défauts, de même qu'il est, dans ses beaux passages, absolument inimitable. Le condor non plus n'a pas de rival lorsque, sur la cime des Cordillères, il déploie ses vastes ailes dans un éclatant azur. M. de Pongerville aime à s'élever avec son modèle. La hardiesse ne lui manque que pour s'abaisser, en l'imitant. Trop souvent, dans les passages où le philosophe épicurien, comme par respect pour la pureté doctrinale de son système, lui refuse tout ornement et où il n'est qu'un vigoureux prosateur, M. de Pongerville reste poëte et même, je ne lui en fais pas un crime, poëte de l'Empire. Il sacrifie au style du temps où il florissait. Comment échapper à de certaines influences qui sont dans l'air, pour ainsi dire ? Qui donc aujourd'hui, parmi les meilleurs, ne se ressent pas des formes et des formules qu'a prodiguées l'école romantique ? A la fin du XVIIIe siècle, on abusait de la « sensibilité ». La Terreur elle-même a fait un effroyable abus de ce mot sacré : « la vertu ». Sous l'Empire beaucoup de mythologie, beaucoup de « bocages », peut-être parce qu'il y avait beaucoup de carnage. De même qu'après la Restauration, dans cette douce paix des trente ans, parmi cette société élégante et éloquente, l'horrible et le laid sont entrés dans la poésie. Étrange bizarrerie de l'esprit humain ! M. de Pongerville a trouvé le « bocage » installé sous l'Empire. Il l'a donné à Lucrèce.

> Le bocage était sans mystère,
> Le rossignol était sans voix...

Lucrèce se passe facilement d'une certaine perfection. Souvent le génie s'arrête à cette limite de la perfection dans la forme ; non qu'il la dédaigne : il ne la voit pas dans la minutieuse exigence de sa beauté toute terrestre, tant il est placé haut ! Il plane, il ne raffine pas.

Je n'ai pas, vous le voyez, Monsieur, l'imprudence de m'attaquer au génie du grand poëte de *la Nature*. Il est impossible, pourtant, de se trouver face à face avec ce sophiste immortel, sans qu'un cri nous sorte du cœur au spectacle d'une telle puissance mise au service de tant d'erreurs. Lucrèce ne croit pas à la perfectibilité de l'homme. C'est la moindre de ses incrédulités dans l'ordre moral. Il n'a aucune idée de Dieu, aucun soupçon de la Providence, veillant sur sa créature. Le monde, dit-il,

Le monde, immense erreur, n'est pas l'œuvre des dieux.

Rien non plus ni de la spiritualité de l'âme, ni de son essor vers le ciel, ni de la vertu, si ce n'est comme élément de bonheur matériel, ni de la patrie, qui n'a pour l'homme que la valeur d'un champ ou d'un pâturage. Dans l'ordre physique, même ardeur de négation. Lucrèce ne nie pas seulement les vérités acquises à la science, encore bien incomplète, de son temps, ou seulement soupçonnées par elle. Il prend parti d'avance, avec une sorte d'orgueilleuse imprévoyance, contre toutes les découvertes qui ont illustré la science moderne, et il se donne une peine infinie pour démontrer que la terre n'est pas ronde, que le soleil et la lune n'ont que les proportions qu'ils paraissent avoir, que les antipodes sont une chimère, les causes finales un rêve, la prédestination des organes humains à des emplois déterminés une invention contraire à la nature. Que sais-je? Le poëme de Lucrèce est un abîme d'erreurs. « Sa physique est d'un portier de couvent, » disait Voltaire. « Elle fait songer, » dit M. Martha, « à la médecine de Molière. » Sa cosmogonie est ridicule, son astronomie puérile. Et, malgré tout, c'est d'un ton inspiré, plein de colère et de mépris pour ses contradicteurs, qu'il soutient sa doctrine. Il a l'enthousiasme du faux. « Sagesse qui déraisonne, » disait Horace, qui n'était épicurien qu'à table, peut-être aussi chez Lalagé au doux sourire. Cette déraison, avec des apparences philosophiques, est bien le caractère de cette fausse science, exposée d'un ton sérieux, démontrée avec emportement. « On contemple la force de ton génie dans la grandeur de ton naufrage ! » Ainsi se recueille, dans une invocation découragée, l'auteur de la plus éloquente apologie de Lucrèce (1).

Quel est donc, pour nous résumer, le sens du poëme de Lucrèce ? Il a fait du *naturalisme*, n'en voulant faire qu'un système, une religion véritable. De la description du monde physique, la morale épicurienne est sortie comme la Vénus anadyomène du sein des ondes. Le pays est beau, le ciel est d'azur ; le soleil, même celui de Lucrèce, prodigue ses rayons à tout ce qui respire. Une âme est là tout émue de désirs terrestres, aspirant au bonheur comme à l'unique fin de la vie humaine. Cette âme parle, elle s'anime, elle frémit, elle fait rêver, elle fait aimer. Le poëte a mis son œuvre sous le patronage de la seule puissance divine dont il reconnaisse l'action sur la terre : *Hominum divumque Voluptas !*

Brillante, sous tes pas, des plus vives couleurs,
La terre se revêt du doux éclat des fleurs ;
L'océan te sourit ; la lumière s'épure,
Et ton souffle embaumé rajeunit la nature...

Vénus exceptée, Lucrèce s'est moqué de ses dieux.

(1) M. Martha. Voir le beau chapitre intitulé : *Tristesse du système.*

C'est la seule gaieté de son poëme. C'en est aussi le sens le plus profond. En les reléguant dans le ciel, rois qui règnent et ne gouvernent pas, convives insatiables de banquets éternels, contemplateurs platoniques d'un monde qu'ils n'ont pas créé, il les rend ridicules, sans se brouiller avec le préteur. Lucrèce se moque. Il ne rit pas, il vise au cœur. Cicéron, plaidant pour sa maison devant le tribunal des pontifes, a beau invoquer tous les dieux de l'Olympe dans une péroraison pathétique; Lucrèce a tué les dieux en leur ôtant la prévoyance et l'action dans les affaires de l'humanité. Le paganisme est moralement mort du coup, longtemps avant sa chute définitive.

. . . .
. . . .

Ces riches fictions, fruit d'une douce ivresse,
N'abusent point, ami, ta sévère sagesse;
Elle sait que les dieux, au comble de l'honneur,
S'abreuvent à grands flots d'un éternel bonheur.
A ces rois assoupis dans une paix profonde
Qu'importent les plaisirs ou les malheurs du monde?

Je ne demandais pas à M. de Pongerville, encore moins à vous, Monsieur, de relever dans le poëme de Lucrèce ces tristes éclats de son imperturbable raillerie. L'éminent traducteur ne s'était pas donné la mission de rendre ce poëme amusant. Il l'a rendu lisible à tous. Il lui a ouvert notre France et notre siècle. Lucrèce était un solitaire dans le sien, isolé à la fois dans son sujet et dans son œuvre. Tout semble à pic autour de son poëme; le passé ne lui a rien donné, sinon le texte effacé d'une doctrine exotique; la science, dans l'avenir, ne lui prendra presque rien ; la littérature ne lui empruntera que quelques images apportées par la folle brise, quand par instant se dissipe le nuage qui couvre son ambitieuse sérénité.

Ce qui est resté, plus que la science de l'épicurisme et plus que son style, ce sont ses doctrines morales et ses pratiques. Elles ont traversé les âges ; elles vivent encore.

Et tenez, Monsieur, j'ai cité, et qui n'a pas cité ? la définition complaisante qu'a faite Lucrèce de l'égoïsme contemplatif et satisfait devant le malheur des autres. Chose étrange ! l'épicurisme arrive ainsi, sous cette forme même, porté par ce courant de sensualité matérialiste et d'insensibilité morale, jusqu'aux temps modernes, en dépit des mœurs et des sentiments qu'a créés le christianisme ; — il arrive, laissant derrière lui, parmi les Césars, les décadences, les corruptions de Rome et du Bas-Empire, les rois fainéants et les Valois, les mignons et les petits maîtres, je ne sais quel dangereux parfum d'énervante dépravation...

Et voilà un moraliste, au siècle de Louis XIV, le siècle des belles âmes, qui, reprenant, après dix-sept cents ans, la pensée de Lucrèce : « Dans l'adversité de nos meilleurs amis, dit-il, nous trouvons toujours quelque chose qui ne nous déplaît pas... »

La Rochefoucauld pensait-il au poëme *de la Nature* et copiait-il Lucrèce ? Il était assez riche de son propre fonds. L'égoïsme humain est trop fécond pour chercher son inspiration en dehors du cœur de l'homme. Quand il invoque Épicure et Lucrèce, c'est qu'il aime à se donner un air de philosophie ; c'est là son piége pour autrui et sa déception pour lui-même. Il est si commode, en sacrifiant à une idolâtrie personnelle, de laisser croire qu'on a une morale ! Lucrèce met Épicure au rang des dieux, ou, pour mieux dire, il fait de lui le seul dieu du monde.

. . . *Deus ille fuit, deus, inclute Memmi* (1) !

Eh bien, soit ! Épicure est dieu et l'égoïsme est un dogme. Mais défiez-vous-en ! Défiez-vous-en, s'il règne avec les Valois ou s'il exploite la France avec les maîtresses de Louis XV. Défiez-vous-en, s'il est juge complaisant ou frivole, évêque mondain, abbé de cour ou philosophe de hasard, poëte d'indécentes mignardises, conteur équivoque, ministre adulateur et favori tout-puissant !... Défiez-vous-en surtout, s'il est général. Si Épicure devient général, Voltaire, hélas ! pourra le vanter et Mme de Pompadour lui sourire ; il n'en perdra pas moins la bataille de Rosbach contre Frédéric. Oui, défiez-vous de ceux qui aiment la gloire pour relever l'éclat d'un habit de cour. Soubise n'est pas lâche ; la guerre peut lui sembler une distraction dans l'immense ennui de la grandeur ; il n'est pas lâche ; il est voluptueux et insouciant.

« Le trouble et la confusion règnent dans tous les ordres de l'État, » écrivait le maréchal de Noailles à Louis XV quelques années avant ce grand désastre. — «... On ne compte plus sur d'autres moyens pour parvenir que ceux de l'intrigue, de la cabale, de la faveur ou de la protection. L'amour de la patrie et du nom

(1) *De rerum naturâ*, liv. III, v. 8.

français est devenu un ridicule. Il s'est introduit une fausse philosophie qui conduit à la mollesse, au luxe et à l'indolence... Les choses sont arrivées à un tel point qu'il est d'une nécessité absolue d'y apporter les plus prompts remèdes (1).. » Le remède, tout le monde le sait aujourd'hui, beaucoup le prévoyaient alors : c'était une Révolution....

Ne finissons pas sur ces tristesses du passé.

Les nations, si elles ne sont pas à jamais condamnées, ainsi que la Rome de Tibère et de Domitien, se rachètent toujours par quelques contrastes que permet la justice de Dieu. Abattues, elles se relèvent. Brisées et meurtries, la main d'un grand citoyen guérit leurs plaies saignantes. Corrompues, il sort de leur corruption même je ne sais quelle protestation amère et indignée qui sauve l'honneur. Après les crimes de la Ligue, la France a eu le plus grand de ses rois ; après les folies de la Fronde, le plus grand règne de son histoire. Les hardis penseurs, au siècle dernier, Montesquieu à leur tête, retrouvaient les droits de l'homme. La Révolution, si grande par ses premiers actes, puis devenue furieuse jusqu'au suicide, a eu pour rançon devant le monde les stoïques soldats de la république qui battaient, pieds nus, les armées bien chaussées de la vieille Europe. L'héroïque Jourdan a relayé Robespierre. Bonaparte a chassé Barras. Zénon semblait avoir remplacé Épicure. Illusion trompeuse ! Le despotisme, ce condamné de

(1) *Mémoires politiques et militaires*, composés sur les pièces originales recueillies par Adrien Maurice, duc de Noailles, maréchal de France et ministre d'État, par l'abbé Millot. (Collection Michaud et Poujoulat, t. X de la 3e série.)

Dieu, s'était racheté par une immense gloire aux yeux des hommes. Iéna vengeait Rosbach après cinquante ans!

Rien n'est simple dans l'histoire de l'humanité. Le crime lui-même a son revers éclatant dans la vertu intrépide de ses victimes. Galérius, le bourreau des chrétiens, sur son trône d'or; Maillard, sous son guichet sombre; l'assassin de la Roquette, les pieds dans le sang, font encore plus de prosélytes à Dieu que de martyrs. C'est par là que l'humanité se rachète.... Écoutez ce prêtre qui va mourir. Il a vingt-cinq ans. Il passait dans la rue. Son costume religieux, aperçu par quelques fanatiques, les a frappés d'une rage subite. Il est arrêté, jeté dans un cachot. Il est perdu... Voici la nuit; un faible rayon de lumière pénètre à peine dans sa prison. Il veille et se recueille. Aucun de ses compagnons de captivité n'a senti son courage défaillir; tous sont résignés, quelques-uns sont tristes. Le jeune prêtre triomphe... Dieu l'a jugé digne de mourir... son cœur déborde de reconnaissance... Il écrit : « ... Vous « avez vu sans doute les discours prononcés à l'Hôtel- « de-Ville à la suite du renversement de la colonne « Vendôme. Les journaux auront reproduit cela en « province. Nos pauvres familles doivent être épouvan- « tées. Ce sont elles qui sont à plaindre et non pas nous. « Pour nous, la Commune, sans qu'elle s'en doute, nous « a fait tressaillir d'espérance avec ses menaces. Serait-il « donc possible qu'au commencement seulement de no- « tre vie, Dieu nous tînt quittes du reste, et que nous « fussions jugés dignes de lui rendre ce témoignage du « sang, plus fécond que l'emploi de mille vies!... Heu-

« reux le jour où nous verrons ces choses, si jamais « elles nous arrivent! Je n'y puis penser sans larmes « dans les yeux...

« *Signé :* Paul Seigneret (1). »

Voilà, Monsieur, quand un peuple n'est pas voué à une dégradation sans merci, ce qui le rachète et ce qui le sauve. Ce jeune séminariste qui confesse, à deux pas du chemin de ronde, l'immortalité de son âme; ce glorieux maréchal qui, blessé grièvement, se hâte de guérir pour se retrouver à la bataille de l'ordre sous le drapeau du droit; ce soldat qui meurt, sur le rempart, obscur et résigné; ces fils de famille, ces paysans, ces ouvriers, ces riches et ces pauvres, tous accourus sous les couleurs nationales pour s'associer à l'effort commun et prendre leur part du malheur public, voilà, Monsieur, les contre-poids providentiels de cet abaissement où les nations semblent par moment précipitées sans retour. C'est ainsi que se rétablira le niveau solide où notre chère France sera désormais, non l'effroi du monde, mais le précurseur attrayant et toujours suivi de la civilisation chrétienne.

Et alors, Monsieur, nous pourrons relire Lucrèce, et et même le traduire, sans trop redouter Épicure.

(1) Cette pièce est extraite de l'*Autographe*, habilement rédigé par M. Alfred d'Aunay. (N° du 11 novembre 1871.)

Paris. — Imprimerie Adolphe Lainé, rue des Saints-Pères, 19.

www.ingramcontent.com/pod-product-compliance
Ingram Content Group UK Ltd.
Pitfield, Milton Keynes, MK11 3LW, UK
UKHW020206200726
13856UKWH00003B/1222

9 782013 070423